河出文庫

改良

遠野遥

JN072358

河出書房新社

目次

改良

小学生の頃、一年間ほどスイミングスクールに通っていた時期があった。好きで通っていたわけではなかった。むしろ、週一回のスクールに行かなくてはいけない日が来るのを、いつも憂鬱《ゆううつ》に思っていた。

泳ぐこと自体は好きでも嫌いでもなく、背泳ぎをしているときに天井が見えるのは少しだけ好きだったが、それ以上に人前で下着同然の格好をしなければならないのが嫌だった。プールの中でこっそりとおしっこをする子がいることも知っていたから、そういうところも嫌いだった。

だから私は常にスクールをやめたいと思っていた気がするけれど、小さい頃の私は喘息《ぜんそく》持ちで、水泳をやらせると心肺機能が鍛《きた》えられて喘息が治るという話をどこかで聞いてきた親が、強制的に私をスクールに通わせ続けた。確かに、スクールをやめる頃には喘息はすっかりよくなっていた。でもそれは水泳をやっていたからではなく、成長とともに自然と治ったのだと思う。

そのスイミングスクールに、みんなからバヤシコと呼ばれている男の子がいた。正確に言えば、私が入ったときはまだおらず、一ヶ月ほど経った頃に入ってきた。バヤシコの本当の名前はもう覚えていない。バヤシコと呼ばれているということはたぶん小林だったのだと思うが、子供はたまに奇想天外なことを考えるから定《さだ》かではない。

バヤシコは他校の生徒だったが、学年は私と同じだった。そしてスクールの生徒数はそれほど多くなかったから、同じ学年の男の子はバヤシコと私だけだった。私たちは自然と話をするようになり、スクールの中だけに限って言えば、私たちは互いに最も気の合う友人だった。

しかし私がスイミングスクールをやめて以来、バヤシコには一度も会っていない。

「なあ、気づいてたか？　ヨシヨシが話してるとき、水の中でオレがチンコ出してたってこと。膝《ひざ》のあたりまで水着下ろしてさ。うんうん頷《うなず》いたりして、顔だけはちゃんと聞いてますって顔してたけど」

ある日のスイミングスクールの帰り道、バヤシコが言った。細かい表現はもう覚えていないけれど、大体このような意味のことを言った。バヤシコの話は、概《おおむ》ねいつもこういう調子だった。

ヨシヨシというのは、私たちの指導をしていた若い女性インストラクターのことだった。バヤシコによれば、ヨシヨシは「エロい身体をして」いて、「彼氏と毎晩セックスをしまくっている」に違いないということだった。ヨシヨシの身体つきに、私は注目したことがなかった。

「ヨシヨシも気づかなかったみたいでさあ、全然見てくれなかったな。オレ、途中からけっこうギリギリまで腰浮かせてアピールしてたんだけど、駄目だった。最後まで気づいてくれなかったよ。気づいたらどうするんだろうな」

気づいていないふりをしていたんじゃないかと私が言うと、ヨシヨシはあまり嘘とかつけないタイプだからと、バヤシコは知ったふうな口を利いた。

「なあ、今日も寄ってくよな。公園」

当時、スイミングスクールの帰りに近くの公園に寄るのが私たちの日課になっていた。以前バヤシコが公園に立ち寄ったところ、茂みの中で中学生らしきカップルが行為に及んでいたのだという。バヤシコは、その光景をなぜか私にも見せようとしていた。

「いいよなあ、中学生は。中学生になると女子も今よりエロくなるから、あいつら毎日セックスばっかしてるんだぜ。中学生ってニキビできてるやつ多いだろ？　どうやらセックスばっかしてるとああなるらしい。兄ちゃんが言ってたから確かだ。まあでもニキビできてもいいからセックスしてえよなあ」

私が何か返事をしようとすると、エモノが逃げるからそろそろ静かにしろとバヤシコが遮《さえぎ》った。バヤシコがカップルを見たというスポットが近づいていた。私はバヤシコにならって体勢を低くし、できるだけ足音を立てないように移動した。別にカップルを見たいとは思っていなかったが、気配を消して目標に近づくのは、何かのゲームのようで楽しかった。

「おい、いたぞ」

バヤシコが小声で言った。いつになく真剣な声色だった。確かに、茂みの中にはカップルがいた。セックスをしているかどうかまではよくわからなかったけれど、男と女がいて、互いの身体を触り合っているのは間違いなかった。本当にいるとは思っていなかったから、私は少なからず驚いていた。しかも、茂みの中にいるのはどうやら中学生ではなく、ふたりとも大人だった。

「大人だったらラブホとか行けばいいのにな。金ないのかな？　まあオレらはいいけど。おい、向こうへ行くぞ」

私とバヤシコは、公園の利用者から見つかりにくく、かつカップルを観察しやすい位置に移動した。地面に伏せ、カップルに気づかれないように注意した。虫がいそうだから地面に転がるのは嫌だったけれど、そうしなければ危険だった。見つかったら怒られるんじゃないかと私が言うと、こんなところでやってるほうが悪いだろとバヤシコは言った。それもそうだと私は納得した。

それからしばらくの間、私とバヤシコは無言でカップルの動きを眺めていた。カップルは最初、互いの身体を触り合っているだけだったが、やがて男が女の上に覆いかぶさり、セックスを始めた。こいつらアホなんじゃないか、ここ外だぞとバヤシコが小声で言った。でもしばらくすると、自分も興奮してきたのか、地面に伏せたままでズボンと下着を下ろした。そして悪いなと私に一言断ってから、自分で自分の性器を触り始めた。日常的にそれを行っているような、こなれた手つきだった。私は内心驚いていた。それは何なのか、それをするとどうなるのか、バヤシコに聞いてみたかった。でも、たぶん何も聞かないほうがいいだろうと判断した。

「お前もしたかったらしろよ。オレ、そういうの気にしないから。ちゃんと見ないようにするしな。お前だって興奮するだろ?」

私は、よくわからないと答えた。興味のないふりがしたかったわけではなく、本当にわからなかった。

自分が何か変なことを言ったとは思わなかったが、バヤシコは不思議そうに私の顔をじっと見つめた。

「お前ってそういえばさあ、女子にあんまり興味なさそうだよな。なんていうか、あんまり男らしくないしな。別にこれ、悪口ってわけじゃないよ。そうそう、最近兄ちゃんから聞いたんだけどさ、身体は男だけど、心は女っていう人がいるんだってな。知ってるか？　そういう人のこと、なんとかって呼ぶって聞いたんだけど、名前は忘れた」

バヤシコが、性器を手で擦《こす》りながら言った。そのときの私は、助けを求めるように、近くに生えていた雑草を強く摑《つか》んでいた。

「今思い出したんだけど、お前は覚えてるかな？　お前さあ、なんで女子と男子で水着のかたちが違うんだろうって言ったことがあるんだよ。スクールが始まる前だったか終わった後だったかわからんけど、ロッカールームで着替えてるとき。オレに言ったっていうか、ほとんどひとりごとみたいな感じだったけどな。だから余計に、こいつマジで言ってるなって思ったよ。冗談とかじゃなくて、マジで理解できなくて不思議に思ってるっていう感じだった。あれからオレはお前のこと、面白いやつだなって思うようになったよ。だって、ほかのやつがそんなこと言ってるの、聞いたことないし」

バヤシコは喋《しゃべ》りながら自分の性器を擦り続けていた。茂みの中のカップルは、先程から体勢を変えることなくセックスを続けていた。どちらも単調な動きの繰り返しだった。バヤシコの話を聞きながら、私はそれらの動きをぼんやりと見ていた。現実が私から遠のいていくような感覚があった。私の手は、まだ雑草を摑んでいた。

「それでさ、お前は言わなかったけど、なんで男は胸を出さないといけないんだろうって、そういうふうに思ってるみたいだったよ。女子は胸隠してんのに、なんで自分は、って。こいつ本当は胸出したくないんだろうなってわかったよ。着替えのときとかも、オレは普通に堂々とチンコ出すけど、お前はいつも恥ずかしそうに後ろ向いてこそこそやってるもんな。だからオレはさあ、たぶんお前は身体は男で心は女っていう、そういう人なんじゃないかと思うんだよ。なあ、違うか？　絶対そうだって。隠さなくても大丈夫だよ。オレ、変な目で見たりしないし。たぶんメチャメチャ理解とかあると思うし」

私はとっさに否定することができず、黙り込んでしまった。今だってわかっているとは言い切れないけれど、小学生の頃は、今よりもさらに自分のことがわからなかった。だから、バヤシコに自信たっぷりな様子で言われると、もしかしたらそうなのかもしれないという気もした。

「うん、お前は女だよ。オレにはわかる。男みたいに見えるけど、お前は女だ。だからさ、な？　ちょっとこっち来いよ」

バヤシコは私の腕を掴み、自分のほうに引き寄せようとした。雑草を掴んだまま、私はその場から動かなかった。私が動かないから、バヤシコのほうが私に身体を寄せてきた。バヤシコは、いかにも優しそうな笑みを浮かべていた。

私は何も言うことができず、身体を動かすこともできなかった。そして気がつくと、私の性器は勃起《ぼっき》していた。

勃起すること自体は初めてではなかった。しかし、どうしてそのタイミングでそれが起こったのか、私にはうまく理解できなかった。バヤシコも、私の性器が勃起していることに気づいたようだった。嬉しそうに笑いながら、勃起した私の性器をズボンの上からなでた。バヤシコはついさっきまで自分の性器を触っていたから、私はその手を汚いと感じた。でも抵抗はしなかった。私が抵抗しないから、バヤシコは私の性器を繰り返し擦った。そうしてバヤシコに性器を触られながら、私は確かに性的な興奮を覚え、初めて味わう強烈な快感を得ていた。やがてバヤシコは、性器が見える位置まで私のズボンと下着を下ろした。

むきだしになった自分の性器を見て、こんなことはやめさせなければと私は思った。しかし、なぜやめさせなくてはいけないのか、理由はよくわからなかった。私は確かに快感を得ていた。どうして、気持ちいいことをやめなくてはいけないのだろう？　誰かが大きなへらを使って私の脳みそを掻《か》き混ぜているような、そういう感覚があった。混乱の中で、やめてくれと私の口が言った。自分が言ったという意識はなく、何かのはずみで偶然外に出てきたような言葉だった。でも一度言葉にしてみると、やめさせなければという気持ちはどんどん強くなっていった。しかし私の声は小さかったから、バヤシコには聞こえていないみたいだった。私はもう一度やめてくれと言った。今度は、声に少しだけ力がこもっていた。私の意に反して性器を触るバヤシコに対し、怒りを覚えつつあった。が、バヤシコは大丈夫だからと優しく私に言い聞かせながら、私の性器を触り続けた。私はバヤシコの腕を摑み、性器から手を離させようとした。それでもなお、バヤシコはやめようとしなかった。

バヤシコは私より身体が大きく、力も強かった。喧嘩《けんか》をすれば、まず勝てないだろうし、そもそも喧嘩をしようとも思わないような、そういう相手だった。しかしこのときの私は、普段の自分からすれば考えられないくらい、身体の芯からブクブクと湧き出てくるような激しい怒りを感じていた。私が快感を得ているのは事実だが、それは私の身体が外部からの刺激に反応して勝手にやっていることで、言ってみれば風に吹かれた洗濯物が揺れたくもないのに揺れているのと同じことで、つまり私の意思ではなかった。こんなことが、相手の同意のないこんな行為が、許されていいはずはなかった。私はこの男をなんとかして傷つけ、最低の気分にさせてやりたいと思った。バヤシコは相変わらず、勃起した自分の性器を露出させていた。バヤシコの性器は、世界に向けて堂々と誇《ほこ》らしく自分の存在を主張しているように、私の目に映った。私はそれが憎かった。まるで悪の権化のように感じられ、こんなものがこの世に存在してはいけないと思った。私はバヤシコの性器を狙い、思い切り殴りつけようとした。体勢は決していいとは言えなかったが、それでも込められる限りの力を拳に込めた。が、バヤシコはそれを受け止めた。そして素早く私の腕を掴み、捻《ひね》り上げた。

「おい、今チンコ殴ろうとしたろ。どうすんだよ、子供作れなくなったら。お前責任取れんのか」

バヤシコが、私の腕を捻りながら言った。バヤシコの力は強く、腕の痛みは激しかった。少しでも痛みを和らげようとして身をよじると、バヤシコはさらに私の腕を捻った。私が声を出すと思ったのか、バヤシコは空いたほうの手で器用に私の口を塞いだ。カップルが、こちらに気づいてくれないかと私は期待した。私たちに気づき、そして私たちを追い払ってくれないかと。しかし彼らは周りを見ることなく、単調な動きを繰り返していた。大人なのに、と私は思った。あなたたちは大人なのに、近くでこのような目に遭っている子供を助けないのかと。

やめてほしいかと、バヤシコが私の耳元でささやくように言った。私は頷くしかなかった。

「だったら、オレの言うこと聞け。約束だぞ。破ったら、わかるよな」

私が再び頷くと、バヤシコは私の腕を離した。バヤシコは仰向けになり、自分の性器を触るようにと言った。そんなことはしたくなかったが、私に拒否権はなかった。バヤシコに言われ、添い寝をするようにバヤシコの隣に寝転がった。恐る恐る手を伸ばし、バヤシコの性器を握った。オレがやっていたようにやるんだと言われ、私はバヤシコの手の動きを思い出して真似た。でもうまくいかなかった。握り方や力の入れ具合、手を動かす速度などについて、バヤシコから何度も注意を受けた。そして、結局最後までバヤシコを満足させることはできなかった。

「お前、下手だな。全然だわ。もういい」

私はバヤシコの性器から手を離した。これで終わるのだと思った。しかしバヤシコは私に、今度は口を使うようにと言った。それは、私のせいだということだった。手で気持ちよくさせることができなかったから、その罰として口を使わなくてはいけないということだった。

頭を押さえつけられ、私はバヤシコの股間に顔をうずめた。誰でもいいから、誰かが私たちを見つけてくれないかと私は祈った。しかし、最後まで私たちは誰にも見つかることがなかった。

アルバイトから帰り、郵便受けを覗《のぞ》くと不在連絡票が入っていた。荷物が郵便受けに入らなかったため、宅配ボックスに入れたという。暗証番号を入力してボックスを開けると、中には白い箱が入っていた。何日か前に、私が注文した物だった。

階段を上る途中で、住人の男とすれ違う。私の真上の部屋に住んでいる、五十歳くらいの腹の出た醜《みにく》い男だった。上の階からは、時々何か重い物を落としたような音が聞こえ、私は迷惑していた。その音で夜中に目を覚ましたこともあった。しかし、男の身体は大きく、怖いので注意をしたことはないし、管理人に相談もしていない。

下を向いていたから確かではないが、男は私のことをじっと見ていたように感じた。気がつくと、私はさほど大きくもない箱を両手で抱きしめるようにして持っていた。男が私を見ていたのも、無理はないのかもしれない。

鍵を開け、部屋の中に入った。靴を脱いで居間の明かりをつけ、ベッドに腰を下ろして箱を開けた。ゆるいパーマをかけたような、茶髪のウイッグが入っていた。前に買ったウイッグはまるで駄目だった。ストレートのロングが一番女性らしく見えるだろうと考えたのが、安易すぎたようだった。私の顔の、女性らしくない部分がかえって浮き彫りになり、ひどく嫌な思いをした。ウイッグをつけないほうがまだましだとさえ思えた。だから今回は、肩に届かない長さの、少し動きのあるウイッグを買った。動きがあったほうが、ストレートよりもごまかしがきくと判断した。

ウイッグを手に取り、細かく点検していく。安物のウイッグに見られるような不自然なツヤは一切なく、最も差がつきやすいつむじ部分も自然だった。ダミーの頭皮がほどよく露出していて、誰かの頭から剝《は》がしてきたようにさえ見えた。ウイッグを触っているうちに、私は本物の女性の髪を触っているような錯覚に陥り、思わず勃起した。恥ずかしくなったが、それだけウイッグの質がいいということだろう。洗面所に行き、ライチの香りがするお気に入りのハンドソープで手を洗った。灰色のカラーコンタクトを両目に入れ、それから両耳にピアスをつけた。こうしたアイテムを取り入れると、顔の輪郭やつくりは変わっていないのに、不思議と全体の印象が変わった。

部屋のカーテンを閉めてランプの電源を入れ、それから天井のライトを消した。メイクをするときは、自分の顔と正面から向き合わなければいけない。欠けている部分や過剰な部分、見当違いな部分を正しく認識し、それぞれに見合った適切な対応策を講じなければいけない。わかってはいるけれど、メイクをしていない自分の顔を直視することは苦痛だった。だからこうして、いつも薄明かりの中でこそこそと作業をすることになる。不十分な明かりの中で見る自分の顔は、都合の悪い箇所がぼんやりとしか見えなくなり、明るいところで見るよりはいくらかましだった。

　初めてメイクをしたときは、わからないことだらけだった。そもそも最初はどんな道具を買えばいいのかさえわからず、何が必要なのかがおぼろげにわかってきたとしても、同じ用途なのに途方に暮れるほど多くの商品が売られていた。やっとのことで必要最低限の道具を揃《そろ》えて肌の上にのせてみたけれど、手を動かすたび、顔は意図しない方向に変化した。そしてどれだけ時間をかけたところで、思い通りに修整することはできなかった。メイクをすればきれいになれると甘く考えていた私は、どん底の気分で顔を洗った。それでも、インターネットを活用してメイクの勉強をし、何度も何度も繰り返し練習するうちに、ある程度思った通りの操作ができるようになっていった。何をすればどういう変化が起きるのかということを、少しずつ摑んでいった。完成までにかかる時間も今では格段に短くなり、メイクを始めてまもない頃とは比較にならなかった。

　ある程度仕上がったところで、天井のライトをつけ、ランプの明かりを消した。少し距離をとって鏡を見る。鏡に映る私は、美しいかどうかと言えば微妙だが、メイク自体はうまくいっていた。さらなる修整を加え、少し緊張しながら新しいウイッグをかぶる。ロングのウイッグをかぶったときに比べれば、今の私はずっとましだった。でも、まだどこか違和感が残っていた。こうして近くでまじまじと顔を見られたら、私が男だとわかってしまうだろう。中途半端に人間に似せたロボットのような、何とも言えない気持ち悪さがあった。私はマスクをつけ、顔の下半分を隠した。ここまですると、さすがに男性のようには見えなかった。つまり、今マスクで隠れている部分の処理に問題があるということになる。

　ベッドと一体になった収納スペースを開け、用意してあった服を取り出す。

つい一週間ほど前に手に入れた、灰色のロングスカートとオフホワイトのニットだった。私が女物の服を買う場合、店頭で買うのは難しいからネットで買わざるを得ず、試着をすることができない。だから慎重にサイズなどを確かめてから買うけれど、それでも実際に着てみたらイメージと違うということはこれまでに何度もあった。これらは、やっと見つけたイメージ通りのアイテムだった。私は、まるで気の合う友人でもできたように嬉しかった。

用意していた服は、新しいウイッグとうまく調和してくれた。ウイッグに合わせてメイクを変えれば、マスクなしで外に出ることもできるはずだった。少し気分がよくなり、このまま近くのコンビニにでも行ってみようかと考えた。外もすっかり暗くなっている。この厚さのニットを着るにはまだ時季が少し早い気もするけれど、今日のような寒い日なら構わないだろう。でも、全身を点検していくうちに手の指の毛が目に入った。まだ手袋をする季節ではないし、外に出るなら剃《そ》ってしまう必要がある。でも一方で、大学やバイト先では明日からも男性として生きていかなければならない。誰も他人の手なんて注意して見ていないとは思うけれど、もし気づく人間がいたら妙な噂を立てられるかもしれない。そういったことに、耐える用意をしておかないといけない。でも、どうして女性と男性とで、かくあるべきという姿が違うのだろう？　女性は毛を剃るべきで、男性はそのままにしておくべきだと、そんなことをいったいどこの誰が決めたのだろう？

結局、コンビニに行くのはやめて寝る支度をすることにした。外に出るなら、歩き方や仕草にも気をつけなくてはいけない。冷静に考えれば、もう少し準備が必要だった。身につけたものをすべて取り外して浴室に行く。メイクを落としながら、頭の中で今後のスケジュールを立てた。

扉の前で立ち止まり、マークをよく確かめてから中に入る。男性用を示すマークと女性用を示すマークはどちらも人間のかたちをしているから、気を抜くと間違えてしまう。さすがに最近はなくなってきたけれど、小学生の頃はよく間違えていた。あの頃とは違って、成人を迎えた今では何かの罪に問われるおそれもある。

個室に入ると便座が上がっていて、私は憤《いきどお》りを覚えた。便器は売られているとき、便座が下がった状態でディスプレイされているはずだ。清掃員も、掃除の後に便座を上げたままにはしておかない。つまり、便座が下がった状態が便器本来の姿ということになる。使った後は、元に戻すのがマナーではないのか。トイレットペーパーを手に巻きつけ、怒りを抑えながらゆっくりと便座を下ろした。勢いよく叩きつけてしまいたい気分だったが、悪いのは便座を上げたまま出ていった人間であって、便器には何の落ち度もない。

小便を済ませて席に戻り、ヘッドセットをつけ直した。端末のスイッチをオンにすると、すぐに電話が入った。相手は男性で、声が低く、おそらく高齢だった。どうしてそうなってしまうのか不可解なほど発声が不明瞭で、どこの地方のものかわからない、聞き慣れない訛《なま》りも混じっていた。

男性の話を理解するのに、私はかなり苦労した。そもそも何を言っているのかが聞き取りにくい上に、話の要点もわかりにくかった。頭の中で情報を整理したり、推測で補ったりしながら話を聞く必要があったし、どうしても意味がわからないときがあり、何度も聞き返さなければいけなかった。私が聞き返すたびに、男性は少しずつ機嫌が悪くなっていった。機嫌が悪くなったことで声は多少大きくなったけれど、聞き取りにくいのは変わらなかった。かろうじて私が理解できたのは、この男性が今までに何軒も私たちの店舗を回ったということと、どこの店舗も味つけが濃すぎると感じており、このままでは身体を悪くしてしまうから改善を望んでいるらしいということだけだった。ほかにも何かこちらへの要望を言っていたかもしれないが、私にはわからない。私は懸命に男性の話を聞き取ろうとしたが、私の能力では、このあたりが限界だった。いただいたご意見は私から関係部署に伝え、味つけの見直しについて検討させていただくと私は言った。しかし男性は納得せず、責任者と話をしたいと言い出した。何度か同じやりとりを繰り返したが埒《らち》が明かず、仕方なく監督者を呼び出す。監督者は男性以上に不機嫌そうな声で電話に出た。私は状況を説明し、嫌がらせのような質問をいくつか受けたのち、監督者に電話を代わってもらった。すぐに別の電話に出てしまったから、監督者がどのような応対をしたのかはわからない。何かあれば、監督者から私に連絡があるはずだ。それがないということは、その後の経過を私が知る必要はない。

「山田さ、今日ジャムチに電話回してたでしょ」

帰り道、私と並んで歩くつくねが笑いながら言った。つくねは人に勝手なあだ名をつけるのが好きで、ジャムチは私たちの監督者を指していた。私の苗字も山田ではなかった。

「珍しいよね。山田ってけっこう自分で頑張るのに。わたしはわりとすぐ回しちゃうけど」

監督者は、電話を回されるのを嫌う。私は監督者に頼むよりは自分で応対するほうが楽だから、上の人間を出せなどと言われない限りは監督者を呼ばない。どういう人事制度になっているのかわからないけれど、監督者は四ヶ月ごとに入れ替わる。監督者はなぜか皆似たような性格をしていて、総じてアルバイトに対して冷淡で必要最低限の会話しかしようとせず、電話を回されると不機嫌になった。私やつくねが仕事をしている部屋にも監督者の席があるが、いつも個室のほうに引っ込んでいて、滅多に姿を見せない。だから私は、監督者の顔をぼんやりとしか覚えていない。

「ていうか、バイトにやらせることじゃないよね、こういうのって。そう思わない？　ちゃんと社員がお客様の声を聴いたほうがさあ、絶対いいと思うんだけど。まあ、だから時給高いのかもしれないし、わたしは結局お金がもらえればそれでいいんだけどね。そういえば今日も変な電話来てさあ。前話したよね、今日はどこの店行ったとか、何食べたとか、いちいち報告してくる人。声からしてたぶん四十歳くらいのおじさんだと思うんだけど」

いつものように、つくねはよく喋った。私は話を聞いているふりをしながら、つくねの横顔を見た。つくねの顔立ちは、整っているとは言えない。上の前歯がいくらなんでも前に出すぎているし、目は小さい。鼻は下向きの矢印のようなかたちをしていて気持ち悪いし、輪郭もなんだかいびつだった。欠点を補うように、きちんとメイクをすればもう少しきれいになるのかもしれないけれど、つくねにはその気がないようだった。つくねがメイクをしているところを、私は見た覚えがない。でも、つくねは美しくないが、そのおかげで私はどこか安心することができた。美しい人間と接するとき、私はしばしば強い劣等感を覚えた。しかしつくねに対してはそのような感情を抱かなくて済んだから、一緒にいて楽だった。

つくねがこちらを向き、不意に目が合った。反射的に下を向いてしまってから、別に目をそらさなくてもよかったのだと気づいた。

「ねえ、聞いてなかったでしょ？　まあいいけど。でも、けっこう怖いんだよ。あのねっとりした喋り方が、時々夢にまで出てきたりするんだから。そうだ、来週の月曜、代わってくれないかなあ。スタジオ入りたいんだけど、全員集まれそうなのが、その日くらいしかなくて」

つくねは五里霧中《ごりむちゅう》ズというバンドでボーカルを務めつつドラムも叩いている。五里霧中ズはギターとドラムのツインボーカルとベース二人からなる四人組のガールズ・ロック・バンドで、都内を中心に、週一回程度のペースでライブを行っている。今のところはまだ無名と言っていいバンドだが、大型フェスへの出演を目標に掲げ、CDを作ったり、動画共有サイトに自主制作のミュージックビデオを投稿したりと、精力的に活動している。つくねによれば、五里霧中ズはメンバー全員が二十歳前後の女の子ながら確かな演奏技術を持ち、きっかけさえあればシーンの第一線に躍り出るだけの実力を持っているという。楽器や音楽業界の知識がない私には、つくねの言っていることがどこまで正しいのか判断できない。

手帳を取り出して予定を確認すると、来週の月曜は思った通り空いていた。

アルバイトと週三回の大学の講義を除けば、私にはほとんど予定と呼べるものがなかった。メイクの研究をする時間は必要だが、それは決まった日でなくてもいい。バイトを代わる約束をし、つくねと別れた。つくねと私の家は同じ方向で、一駅分しか離れていない。だから普段は同じ電車に乗るけれど、今日は駅前のタワーレコードに寄ってから帰るという。私は真っすぐ駅に向かい、電車に乗った。

今のバイトは、つくねからの紹介で始めた。時給が高く、クレーム対応をすることもあるが、所詮電話だから目の前に人間がいるわけではなく、そもそも悪いことをしたのは自分ではないのだから何を言われてもまったく気にならないし、座っているだけの楽な仕事だとつくねは言った。つくねはたぶん、バイトを代わってくれと気安く頼める人間を引き入れたかっただけなのだろう。でも実際にやってみると、このバイトは私に向いていた。電話をかけてくる人間は、しばしば怒っていたり、機嫌が悪かったりした。しかし自分でも驚くほど、私はそれに対して何とも思わなかった。私にとって、電話の向こう側にいるのはどこか別の世界の人間で、彼らが話すことも、どこか別の世界の出来事のように感じられた。私は彼らに対して、怒りを覚えることもなければ、申し訳なく思うことも共感することもなかった。そして私にはどうも、下手に感情を差し挟まないほうが、かえって適切な応対ができるように思えてならなかった。客の話をいかにも親身になって聞いていた人間に限って、何かの拍子《ひょうし》に対応を間違えたり、仕事中に泣き出したり、すぐにやめていったりした。

電車から降り、改札を抜けた。家までの帰り道を歩きながら、以前から利用しているデリバリーヘルス店に電話をかけることを考えた。女と喋ったせいか、先程から強い性欲を感じていた。

携帯電話を操作し、店のホームページにアクセスする。予定表を見て、カオリが出勤していることを確認した。大学生になったばかりの頃に初めてこの店を利用して以来、私はずっとカオリだけを指名し続けていた。容姿だけで言えば、カオリより美しい女性もたぶん何人かいた。カオリの顔かたちには目立った欠点こそなかったが、整っているというよりは地味だという印象のほうが強かった。カオリを選んだのは、「礼儀正しい」「丁寧」「話しやすい」と紹介文に書かれているのを見て、初めての相手はそういう人がいいだろうと考えてのことだった。日記の文面からも、落ち着いた接しやすそうな性格が伝わった。髪を染めた派手な女性が多い中で、カオリが黒髪のショートカットだったことも大きかった。最初に指名したのがカオリでよかったと今でも思う。カオリは初めてで勝手のわからない私を優しくリードし、緊張をほぐそうとしてくれた。私はカオリの提供するサービスに満足し、感銘さえ受けた。風俗にも色々な形態があり、様々な店があることはもちろん知っていた。でも、ほかを試す気にはならなかった。

家に着き、鍵を開けて中に入る。ベッドの上で仰向けになり、息を大きく吐いてから電話をかけると、すぐにいつもの男が出た。口ぶりからすると、この男が店長にあたる人物なのだと思う。男はいつ電話をかけても愛想がよく、丁寧な案内をしてくれるため私は好感を持っていた。男の声は若く、三十代か、もしかしたらまだ二十代かもしれない。時々、この男はどうしてこの仕事をしているのだろうかと考えてしまう。このような仕事をしていると、交際相手を探すのにも苦労するのではないか。いったい、相手に自分の仕事をどう説明するのか。ごまかすのだろうか、それとも正直に言うのだろうか。

私がカオリを指名すると、男は心から申し訳なく思っているような声で、カオリは今日、体調不良で早退したのだと告げた。次回の出勤日も未定だという。私は少なからずショックを受けた。男は気を利かせて、「今すぐ遊べるおすすめの女性」を私に教えてくれた。胸が大きく、十八歳で、とても積極的な子なのだと男は力強く説明した。提案はありがたかったが、私はいまひとつ、カオリ以外の女性を呼ぶ気にはなれなかった。ラーメンを食べたいときはラーメン以外の食べ物を口にする気になれないが、今の状態はそれによく似ていた。

結局、私は過去にカオリを呼んだときのことを思い出しながら自慰《じい》に耽《ふけ》った。自慰では満足できないだろうと思い込んでいたけれど、いざやってみるとそうでもなかった。まだ子供だった頃に、鰻《うなぎ》の蒲焼の匂いだけで白飯を食べる男の話を聞いたことがあった。当時はただの作り話としか思えなかったが、今の私はその男に似ていた。

部屋の中は薄暗く、中央にはベッドが置かれている。ベッドはとても大きいが、部屋は広く、ある程度自由に人が歩き回れるだけのスペースが確保されている。壁際には、ランプや箪笥《たんす》などの家具がぽつぽつと置かれている。家具には触らないようにという注意書きがあったから、誰も手を触れようとはしない。

この作品が、どうしてこのような入ってすぐの場所に、まるでこの企画展の顔のように展示されているのかは、私にはよくわからない。パネルに書かれた解説によれば、この作品は作者とその妻が実際に使っている寝室をいくらか広めに再現したもので、寝室というごくプライベートな空間を不特定多数の人間に開放することによって何らかの効果を意図したということがずらずらと書かれていたが私には難しくてわからない。どうしてそんなことをしようと思ったのだろう。わかる人にはわかるのだろうか。部屋から出て、順路に沿って進んだ。

以前から気になっていた作家が作品を出す企画展があり、美術館に来ていた。私は、少し緊張していた。近頃、私は時々女の格好をして外に出るようになっていた。でも夜道を歩くとか近くのコンビニに行くとかがせいぜいで、このような人の多い場所に来たのは初めてだった。今日はマスクもつけていない。先程から、すれ違う人がちらちらと私の顔を見ていた。でもそれは、私が男だと気づかれているせいではない。身長が百七十センチある女性がいたら、私だって思わず見てしまうかもしれない。ウイッグに合わせてメイクを変えたし、この格好にふさわしい歩き方や仕草の練習も重ねてきたから、まず男性だとは気づかれないはずだった。

私はそれほど時間をかけずに次々作品を鑑賞し、全体の半分くらいまで来たところで目当ての作品を見つけた。パネルに書かれた指示に従い、床に描かれた印の上に立つ。目の前には大きな鏡があり、女の格好をした私が映っている。

周りに人がいることを意識すると、鼓動が自然と速くなった。私はなるべく自分の顔から目をそらし、胸から下を見るようにした。しばらくすると、鏡の中の私の右腕をめがけ、かたちや大きさの異なる機械の部品のようなものが次々と集まってきた。機械の部品はことごとく錆びていて、廃棄場から掻き集めてきたかのようだった。まもなく私の右腕は機械の部品にすっかり覆われ、機関銃のようなかたちになった。パネルの指示に従って右腕を動かす。すると、鏡の中の機関銃も私の動きに合わせて動いた。私が手で銃のかたちを作ると、鏡の中の機関銃から無数の弾丸が発射された。銃口を鏡に向けると、弾丸が命中したかのように音を立てて鏡が割れた。鏡が割れてしまうと、私の姿も見えなくなった。しばらくすると鏡はひとりでに直り、私が再び映った。そして機械の部品がまた私の右腕をめがけて集まってくる。

途中から、私は自分が女の格好をしていることも忘れ、無邪気に作品を楽しんでいた。ふと我に返って周りを見ると、カップルらしき何組かの客が、私の後ろで順番待ちをしていた。私のように、ひとりで来ている客は見当たらなかった。急に恥ずかしくなり、慌てて床の印から退いた。あのカップルたちにずっと見られていたかと思うと、ひどく不安になった。私の動作に、何か不自然なところはなかっただろうか。夢中になっていたから、少し自信がない。私が男だと気づいた人間はいなかっただろうか。気づいたとしたら、どう思っただろうか。よくできているほうだと、思ってもらえただろうか。それともただ単に、異常な性癖を持った変態だと思われただろうか。部屋を出ていくときに振り返ると、カップルが鏡の前に立ち、腕を振りながら幸福そうに笑い合っていた。複数人で鏡の前に立つとどうなるのだろう。気になったが、私の位置からは確認できなかった。

気がつくと、私は随分疲れていた。いくつかの作品を、一瞥《いちべつ》するだけで足を止めることなく通り過ぎた。出口の近くまで来たところで、スクリーンに映し出された映像作品が目に入り、用意されていた椅子に吸い寄せられるように腰を下ろした。作品が気になったのではなく、帰る前に少し休憩をしたかった。

スクリーンには、女がひとり映っていた。女はたぶん私と同じくらいの年齢で、モデルか女優でもやっているのか、美しかった。ショートパンツにパーカーという格好で、ベッドを背もたれにして床に座っている。ここは彼女の部屋だろうか。部屋着のような格好だった。ショートパンツの裾《すそ》からは白く長い脚がスクリーンの右下に向かって伸び、足首の上に時刻が表示されていた。どういう意図かわからないけれど、表示されている時刻は現実の時刻よりも明らかに進んでいた。

女はスプーンでアイスのようなものをすくって食べながら、一定の方向を見つめている。女が見ているものが私には見えないが、状況的に考えれば、たぶんテレビを見ているのだと思う。何が映っているのだろう。映像の中の時刻は八時二十五分になっている。バラエティ番組でも見ているのだろうか。映像だけの作品なのか、テレビの音声は一切聞こえてこない。女は特に楽しんでいるようには見えず、無表情だった。

わけのわからない作品はこれまでにもいくつかあったけれど、この作品もまた、私には意味がわからなかった。若く美しい女が、自分の部屋でアイスを食べながらたぶんテレビを見ている。それはわかった。でも、だから何だというのだろう。近くに作品の説明が書かれたリーフレットが置かれているみたいだったが、活字を読む気になれず、椅子から立ち上がるのも億劫《おっくう》だった。

それから、私は長いことスクリーンを眺め続けていた。その間、場面の切り替えは一切なく、ただただ女の姿だけが映し出されていた。女はアイスを食べ終えると携帯電話を触り始めたが、変化といえばそれくらいしかなかった。携帯電話を操作し続けている画はあまりにも地味で、アイスを食べているときのほうが、まだ映像に動きがあった。しかし、女がひたすら携帯電話を触っているだけの映像から、私は目を離すことができなかった。女は服装も髪も適当で、たぶんメイクもしていなかった。それなのに、私は女を見て勃起していた。性器を勃起させながら、私は悔しかった。女は、私よりもずっと美しかった。それはおそらく誰もが認めるところだし、私もできることならあのようになりたかった。あのような美しい姿で生まれたかった。美しい顔や脚を持ち、見る者を魅了したかった。どうして、私は美しくないのだろう。必死になってメイクの研究をしても、いまだ遠く及ばない。もっと努力すれば、もう少しくらいは美しくなれるかもしれないが、限界がある。それ以上を求めるとすれば、薬や整形に手を出すことになるのだろうか。そもそも、私はどうして美しくなりたいのだろうか。人間の価値は、当然美しさだけでは決まらない。大事なものは、ほかにもたくさんあるはずだ。強さ、優しさ、健康、財産、地位、友達……。しかし、どれも美しさの前では霞《かす》むように思えてならなかった。

結局、閉館を告げるアナウンスが流れるまで、私は椅子に座っていた。スクリーンの中の女は、最後まで携帯電話を触り続けていた。


前回私がデリバリーヘルス店に電話をかけた日から、カオリは二週間ほど仕事を休んだ。その間、カオリの日記には一切更新がなかった。

以前にも、カオリがまとまった休みを取ったことは何度かあった。でも、そのときは必ず日記で告知がなされた。だから、このような説明のない長い休みは初めてで、私は落ち着かない日々を過ごすことになった。はじめから二週間とわかっていればもう少し冷静でいられたのかもしれないが、先が見えない中で待ち続けるのはつらかった。一日に何回もデリバリーヘルス店のホームページにアクセスするようになり、出勤予定表にカオリの名前がないことを確認しては落胆した。そして在籍一覧のページを見ては、カオリがまだ店を辞めていないことを知って気を取り直した。自分でも馬鹿みたいだと思ったけれど、そうせずにはいられなかった。カオリがもっと長く店を休んでいたら、私はもしかして精神を病んでいたかもしれない。

「わたしのこと待ってる間、どうしてたの？　ずっと我慢してたの？」

カオリが私の肩のあたりに口をつけながら言った。私たちはベッドの上で横になっていて、ふたりとも服を着ていない。我慢することはできず毎日自慰をしていたのだと、私は正直に答えた。カオリが少しだけ声を出して笑う。カオリの身体の振動が私に伝わる。人は笑うと振動するのだなと私は思う。カオリは私の言ったことがおかしかったというよりは、私が何を言ったとしても、あらかじめ笑おうと決めていたような感じだった。ミヤベ君って素直だよねと、カオリは私を喜ばせるようなことを言った。私はミヤベという名ではないけれど、この店を利用するときはそういうことになっている。たぶんカオリも本当の名前だとは思っていないだろうし、カオリも本当はカオリという名ではないのだろう。

カオリと密着しているせいもあって、私は少し汗をかきはじめていた。女性は男性に比べて寒がりだというどこかで聞いた話を思い出し、エアコンの温度を高めに設定していた。しかし、しばらくするとカオリはなんか暑いねと言って、私の許可を得ることなくエアコンの設定温度を少し下げた。

「そういえば、体調悪かったって。もうよくなった?」

「ああ、うん。本当はね、別に体調は何ともなかったの。でもね、少し休みたくなっちゃって。お客さんがみんなミヤベ君みたいな子だったらいいんだけどね」

私はカオリの言っていることがよくわからず、返事に困った。カオリが私の顔を見て笑う。カオリのこういうところが好きだった。こういうときに笑う人間が、私の周りにはほかにいない。

「けっこうね、嫌なお客さんもいるの。不潔《ふけつ》だったり、プライベートで会いたいとか本番させてほしいとか、しつこく言ってきたりね。たちが悪いのは、しれっと入れようとして、わたしがやめてくださいって言うとだめだって知らなかったってすっとぼける人ね。ＯＫなわけないじゃん。ほかの子はさせてくれたよとか言って、自分は全然悪くなくて、なんかわたしがノリ悪いみたいに言われて、ほんとありえない。ほんと腹立つんだから。わたしのお父さんくらいの歳なのに、そういうことするんだよ。恥ずかしくないのかな？　会社では部長かなんかだって言ってたけど、最悪だよね。そんな会社絶対やだ。そうそう、知ってる？　ミヤベ君みたいな若い子ってうちの店じゃ珍しいんだよ。おじさんとか、おじいちゃんみたいなお客さんだってけっこういるんだから。ていうか、ミヤベ君って今何歳？」

二十だと答えると、うわあとカオリは言った。ホームページの情報によればカオリは二十五歳で、私とそれほど変わらないはずだった。しかし、私がそう言うとカオリはなぜか笑った。

「もしかして、ホームページに書いてあること信じてる？　わたし、二十五じゃないよ。ほかの子たちも、全員じゃないかもしれないけど、あそこに書いてあるほど若くないと思う。嘘ばっかりだよ、あんなの。嘘ばっかり」

カオリはそう言って、大きく息を吐いた。さっきまで笑っていたのに、今はもう笑っていなかった。

「ウエストも、五十九なんかじゃないし。胸だってさあ。写真だって、実物のわたしより、ずっときれいでしょう？　最近、鏡見てるとよくわかるんだよね。自分が少しずつ歳をとって、少しずつきれいじゃなくなっていってるのが。そういうのってさ、けっこうきついんだよね。わかるかな？　たぶん、わからないよね。ミヤベ君はまだ若いし、男の子だし。歳を取らない人なんていないから、誰もが経験することだと思うんだけど、わたしはけっこうきつい。みんながこれを乗り越えたり折り合いをつけたりしてるのが、ちょっと信じられないくらい。たぶん、わたしが一番きれいだった時期は、何年か前にもう過ぎちゃったんだよ。ミヤベ君と会うよりも前にね。

いつだったのかな？　途中でやめちゃったんだけど、専門学校に通ってた頃かな。肌とかは、赤ちゃんの頃が一番きれいだったかもしれないね。憂鬱なのは、今はまだ序の口で、これからもっときれいじゃなくなっていくのが、はっきりしてるってことだよね。皺《しわ》が増えて、髪の毛が減って、白髪が増えて、身体から変なにおいがするようになって、身体が変なかたちになっていって……。すごいよね、みんな。こんな恐ろしいことに耐えて生きてるんだから。考えただけで、頭がおかしくなりそう。ていうか、わたしって二十五に見える？　見えなくない？　自分で言うのもあれだけど」

少し考えてから、見えるよと私は言った。世の中の二十五歳の女性たちがどのような状態だったか思い出せず、それと比べてカオリがどうなのか、正直に言ってよくわからなかった。そもそも私はホームページの情報を頭から信じ込んでいたから、カオリが本当は何歳かなんて考えたこともなかった。

「ごめんね、まだ休んでたほうがよかったみたい」

カオリは私の許可を得て浴室に行った。身体を洗ってあげるから一緒にと誘われたが、後で浴びるから大丈夫だと断った。カオリの姿が見えなくなってから、やはりカオリの手で洗ってもらいたかったと後悔した。
しばらくの間、私はベッドの上で仰向けになって目を瞑《つぶ》り、浴室の音を聴いていた。そのうちに、カオリが戻ってくる前に下着を穿《は》いておこうと考え、起き上がって先程脱いだ下着を探した。しかし、なぜか下着はなかなか見つからなかった。部屋は狭く、物が散らかっているわけでもないから、見つからないはずはなかった。でも、私が下着を見つける前にシャワーの音が止《や》んだ。私は仕方なく、ベッドと一体になった収納スペースから新しい下着を取り出し、それを穿いた。

バイト帰りに駅前のファミリーレストランへ寄った。どこかでご飯を食べてから帰ろうと、つくねに誘われたためだった。つくねは普段、節約のために自炊をしていた。だからこれは珍しいことだった。

店員を呼び、緑黄色野菜が多く入ったドリアを頼んだ。つくねはハンバーグとライスを頼んだ。ファミリーレストランは二階にあり、窓際に座っている私たちは駅前の広場を見下ろすことができた。広場の中央には時計台があった。待ち合わせの目印になっているらしく、十人から二十人ほどの男女が時計台の前に立っていた。

彼らは携帯電話を操作しながら、時々駅のほうを見た。無表情で携帯電話を見ていた彼らは、待ち合わせ相手が現れると途端に笑顔を浮かべた。機械の電源をオフからオンにしたような明確な変化がそこにはあり、見ていて飽きなかった。観察していると、あまり美しいとは言えない女性が待っているのは、同じように見てくれのよくない男性である場合が多かった。一方で、ぱっとしない男が待っているところには、美しい女性が現れる場合があった。あの男たちは、女性たちの美しさに釣り合うだけの何かを持っているのだろうか。窓ガラス越しに眺めているだけの私には、わかるはずもなかった。

「今日さ、また変な電話来たんだよ」

ハンバーグをナイフで切り分けながら、つくねが言った。切り分けた肉をその都度口に運ぶのではなく、切り分ける作業を先にすべて済ませてしまうのがつくねのやり方のようだった。

「前、ちょっと話したよね。わけわかんないことで電話してくる男がいるって。今日はどこの店行って何食べて、味や接客はどうだったって、いちいち報告してくる人。それだけなら別に害はなかったんだけど、少し前からだんだん気持ち悪いこと聞いてくるようになってさ。歳とか、どこに住んでるかとか、彼氏はいるのかとか。で、適当にかわしてたんだけど、今日になって、君の仕事が終わる頃を見計らってそっちに行くとか言ってきて。職場がどこにあるか、調べたらしいのね。困りますって言ったら、顔見て帰るだけだとか言うんだけど、信用できるわけないし、顔見られるだけでも嫌じゃん。それで真っすぐ帰るのちょっと怖くて。まあ、職場出るとき一応気にしてたんだけど、それらしい人いなかったし、そもそも顔見ただけじゃわたしだってわからないだろうし、口だけかもしれないけど」

つくねはいつも通りよく喋ったが、表情は暗く、恐怖を感じているのは本当のようだった。私は店内を見渡して不審な人物がいないかを確認した。家族連れや学生の団体客が多く、ひとりで来ている客は見当たらなかった。どの客も楽しそうに何事かを喋っていて、自分たちが少し浮いているように感じられた。

一応警察に相談しておいたほうがいいんじゃないかと私は言った。

「警察ね。ジャムチに相談したら、同じこと言われた。心配だったら警察に言えって。雇い主なんだから、もう少し何かするべきだと思わない？　もともとジャムチに期待なんてしてないけど。相談したら、何かしてくれんのかな、警察って。何かあってからじゃないと動いてくれないって聞かない？　とりあえずひとりで真っすぐ帰るの怖かったから、山田誘ったんだけど」

つくねは切り分けたハンバーグに手をつけようとせず、自分のふとももの あたりをじっと見つめていた。下を向いたことによって髪が顔にかかり、都合の悪い部分を覆い隠していた。私はつくねが短いスカートを穿いていたことを思い、つくねがひとり暮らしをしていることを思った。今日、お前んちに行ってもいいかと私は言った。つくねが驚いたように顔を上げた。目を大きく開け、意図を探るように私のことを見つめている。こうして正面からしっかりと見るつくねの顔は、やはり美しくなかった。言ったそばから言わなければよかったような気がしていたが、今更なかったことにするのは難しかった。私はグラスの水を一口飲んで腹をくくった。つくねの顔を直視することに抵抗を感じ、切り分けられたハンバーグに語りかけるようにして喋った。

「その男がもしかしたらまだそのへんにいるかもしれないから、お前んちまで送っていくよ。仮に今日何かするつもりだったとしても、俺が一緒にいたら何もしてこないと思うし。いざとなったらさ、腕力とかはそんなにないけど、俺でも時間稼ぎくらいはできると思うから。それにお前、今日は誰かと一緒にいたほうがいいよ。かなりナーバスになってるみたいだから。自分じゃわからないかもしれないけど、今のお前、けっこうひどい顔してるよ。青ざめてるっていうかさ。中学のとき以来じゃないかな？　お前のそんな顔見るの。あの時期はお前、けっこう暗かったよな。俺さ、最近はあんまり読まなくなっちゃったけど、中学とか高校のとき、よくお前に漫画貸してもらってたよな。お前、めちゃめちゃ漫画持ってたもんなあ。漫画喫茶みたいにな。今も持ってるんだろ？　久しぶりにさ、俺も漫画読みたいし。けっこう続き気になる作品とかあるし」

つくねは窓の外を眺めながら、私が言ったことについて考えている様子だった。つくねの顔は、横から見てもやはり美しくなかった。美しくないものを見ていても仕方がないから、私も窓の外を眺めた。駅前の広場には、つくねより美しい女性が何人もいた。しかし、その全員が私と何の接点も持たず、ほぼ確実にこのまま一生関わり合いになることもないと思うと、気分が沈んだ。

つくねは結局、私が部屋に来ることを了承した。言い出したのは私だったが、私などを部屋に上げることになってしまったつくねをかわいそうに思った。つくねがもし美しければ、もっと上等な男がつくねを助けてくれるはずで、私をあてにする必要もないはずだった。このように、つくねは美しくないことによって、人生のあらゆる局面で、死ぬまでずっと損をし続けるのだと思った。私はやりきれない気持ちになり、テーブルの下につくねの脚があることを考え、そのことに意識を集中させようとした。

部屋に荷物を置くと、歯ブラシと下着を買い忘れたと言い、来る途中に見たドラッグストアに向かった。実際には忘れていたわけではなかったが、コンドームなるものを買わなければいけなかったから、つくねを部屋に置いてくる必要があった。それを使うことになるのかどうかはまだわからなかったけれど、可能性がある以上、私には買っておく義務があると思った。部屋を出るとき、自分が出て行ったらすぐにちゃんと鍵をかけて、インターホンが鳴っても必ずドアスコープで相手を確認するようにと、もっともらしいことをつくねに言った。

ドラッグストアのコンドーム売り場には、思ったよりもたくさんの種類のコンドームがあり、それぞれに特徴があるようだった。私は裏面の説明をよく読み、悩んだ末に最も標準的と思われる商品に決めた。歯ブラシと下着は目についたものを適当に買った。でも、つくねに見られたり触られたりする可能性があることを考えれば、下着はもう少し慎重に選ぶべきだった。自分がこういった状況に慣れていないことを思い、少し不安になった。

借りた鍵を使って部屋に入ると、つくねはドラムスティックを両手に持ち、メトロノームに合わせてフリスビーのようなものを叩いていた。両手で別々の動きをしながら、ここにペダルを踏む両足の動きも加わり、さらにつくねはボーカルでもあるから歌も歌わないといけないのだ。改めて器用なものだと感心した。

家にドラムがあるわけじゃないんだなと私が言うと、あるわけないでしょとつくねは笑った。喋っている間もフリスビーを叩くリズムは乱れず、まるで私とは脳のつくりが違うみたいだった。

「あったとしても、叩けないよ。わかるでしょ？　死ぬほどうるさいんだから。スネアとペダルだけはあるけど」

つくねの部屋は狭く、スペース的にもドラムを置くのは難しそうだった。本棚に入り切らなかった漫画が山のように積まれていて、つくねが今座っている場所を除けば、床はほとんど見えていなかった。ほかに選択肢がなく、私はつくねの許可を得てベッドに腰を下ろした。それから読んだことのある少年漫画を見つけて手に取った。

「そのフリスビーみたいなやつ叩いて練習になるのか？」

「けっこうできること多いよ。まあ生ドラム叩くのが一番だと思うけど、毎日スタジオ入れないし」

私が冷蔵庫に入っていた缶ビールをもらうと、つくねも缶チューハイを取り出してグラスに注いだ。つくねはフリスビーを叩く合間にチューハイを飲み、時々ポテトチップスを一度に何枚かまとめて口に放り込んでバリバリと噛んだ。つくねは部屋着に着替えることなく、短いスカートを穿いたままで胡坐《あぐら》をかきながらフリスビーを叩いていた。私には楽器のことがよくわからないけれど、これだけ熱心に練習していればきっと上手になると思う。

缶チューハイを二本空けてポテトチップスを一袋食べ切った頃、つくねはシャワーを浴びに行った。つくねのシャワーは長く、その間に漫画を三冊読み終えた。シャワーから戻ったつくねは土みたいな色のスウェットに着替えていたから、私は少し残念だった。しかし、山田も浴びてきなよと何気ない調子で声をかけられると、私の性器は痛いほど勃起した。ドラマか何かで、セックスをする前の男女がこのようなやりとりをしていたのを想起したのだ。

ついさっきまでつくねがこの浴室を使っていたことを十分に意識しながら、

私はいつもより入念に身体を洗った。爪と肉の隙間をひとつひとつ丁寧に洗い、陰毛には大量の泡をまぶして慈しむように洗った。しかし、やるべきことが済んでも性器の勃起はおさまらず、このままでは外に出ていけなかった。この器官は、私のものなのに、時々私の言うことを聞かない。私は二桁の数字同士の掛け算を頭の中でいくつか行った。これによって勃起は落ち着いたが、通常のシャワーでは考えられないくらいの時間が経っていた。

浴室から出ると、つくねがベッドの上で横になっているのが見えた。壁のほうに顔を向けていたから、眠っているのかどうかはわからなかった。はやる気持ちを抑え、歯磨きを済ませた。私が部屋に戻ると、つくねは壁のほうを向いたままで、もう寝るんだったら電気消していいよと言った。部屋に来てから、つくねは明らかに口数が減っていた。でもそれが何を意味するのか、私にはいまひとつわからなかった。

やや遅れて、漫画の山の位置や高さが変わっていることに気づいた。山が危険を感じるほど高くなったかわりに、スペースは広くなっていた。そのスペースに、鮮やかな緑色をした寝袋が置かれていた。

「その寝袋、野外フェス用に買ったんだ。夜とかけっこう冷えたんだけど、それでも寒くなかったよ。もしかしたらこの布団より暖かいかも」

つくねがやはり、尻を私のほうに向けたままで言った。寝袋を見つめながら、私はしばらく立ち竦《すく》んだ。ここからどのようにしてセックスに持ち込めばいいのか、見当がつかなかった。この鮮やかな緑色の寝袋に包まれた私は、巨大な青虫のようでさぞ滑稽だろうと思った。こんなものに包まれている人間と、セックスをする気になるはずがない。これに入ってしまったら終わりだという気がした。

でも結局は電気を消し、おとなしく寝袋の中に入った。セックスを持ち掛ける勇気が、どうしても出なかった。セックスを日常的に行っている人間がこの世に少なからずいることを思い、今更のように愕然《がくぜん》とした。私は寝袋の中からすがるようにベッドを見上げた。壁際に寄っているつくねの姿はほとんど見えなかったが、改めて女の肉体がそこにあることを意識した。性器が急速に硬くなっていく。私は無防備に寝そべった女のすぐそばで性器を勃起させているのだ。そのことを意識すると、性器はさらに強く勃起した。こんなに近くに、手を伸ばせば届くほどの距離に女の体が横たわっている。このチャンスを逃すなんて、どう考えても馬鹿のやることだった。冷静になってみれば、寝袋に入ったからといってセックスができないと決まったわけでもない。私たちは朝までこの部屋でふたりきりなのだ。いや、それでも、何かアクションを起こすなら絶対に早いほうがよかった。私はセックスを持ち掛ける段取りを考えようとして、それよりもこの寝袋から出るのが先だと思った。頭で考えるのをやめ、とにかくまず行動すべき場面だった。どうするかは、この青虫のような寝袋から出た後で考えればいい。

しかし、私が寝袋のファスナーに手をかけたところで、つくねがくるりと半回転してこちらを向いた。ベッドの上から、私を見下ろしている。私は目が合ったまま金縛りにあったように動けなくなった。

つくねが言った。

「ちょっとさ、怖い話していい？」

いいよと言った私の声は少し震えていた。これは、機先を制されたということだろうか。しかし、私はまだ何もしていなかった。心の中を読めるわけがないのだから、ただの偶然に違いない。話を聞いて、それから行動に移ればいいだけの話だ。

小学生のときの話なんだけどねとつくねは言った。つくねが目を閉じて天井のほうを向いたから、私もそれにならって目を瞑った。

「五年生か六年生のときで、何の教科かは忘れたけど、授業中だった。わたしの席は廊下側にあって、そこから窓の外を見てたの。教室は三階にあったから、景色がよかったのかな。わかんないけど、とにかくね、窓の外を何かが落ちていったの。一瞬だったから、何だったのかわからなかったんだけど、それなりに大きいものが。わたしはびっくりして、授業中だったけど、ちょっとした悲鳴みたいな声を上げちゃったの。そんなに大きい声ではなかったと思うんだけど、教室はわりと静かだったから、みんながわたしのほうを見て。先生も、どうしたんだって聞いてきて。

ほかにもあれを見てた子がいるんじゃないかと思ったんだけど、見てたのはわたしだけみたいだった。わたしは正直に、何かが落ちていきました、窓の外を、って言ったの。教室が一気にざわざわして、クラスのお調子者みたいな男子が窓に駆け寄ったりして、先生も外を見てた。でも、下には何も落ちてなかった。わたしも自分で見てみたけど、やっぱり何もなかった。なんだ、何もないじゃないかっていう白けた空気になって、池田の見間違いだろうって先生も言って、みんながっかりしてた。本当に何か大きいものが落ちたとしたらすごく危ないし、わたしの見間違いだったほうがいいはずなのにね。

　それで、自分でも気のせいだったのかなって思ってたんだけど、休み時間になって、何年か前に、屋上から飛び降り自殺をした子がいるって聞いたことがあるって、誰かが言い出して。たぶん、それは作り話だと思うんだよね。そんなことがあったら、もっと話題になってるっていうか、みんな知ってると思うし。でもみんな、そういうことにしておいたほうが面白いから、疑うこともしなくて、本当にそういう事件があったってことになった。それで、わたしが見たのは、その子の幽霊だったんじゃないかってことになって。

ろくに話したこともないような女の子たちが何人か、ひとつの生き物みたいにくっつきながらわたしの席に来て、池田さんが見たのって、もしかして女の子だったんじゃないかって、女の子が落ちていくのが見えたんじゃないかって聞くの。それはもう質問っていうか、そういうことにしろっていう圧力があって。実際には、黒い影が見えた気がしただけだったんだけど、たぶん女の子だったと思う、ってわたしは言った。そしたら、女の子たちが事前に打ち合わせでもしてたように一斉に悲鳴を上げて、でも喜んでた。周りの子たちに、嬉しそうに報告してた。それで、その日からわたしは、幽霊が見えるってことになったの。

幽霊が見えるってことになると、前よりも話しかけられることが増えたり、わたしの席に人が来るようになったりした。その頃のわたしは暗くて友達もいなかった上に、ひとりでどう時間を潰せばいいのかもよくわかってなかったから、そういうのが嬉しかったの。

だから、ほかに学校で幽霊見たことあるかって聞かれたときも、北校舎の二階のトイレの一番奥の個室にはよくない霊がいるから使わないほうがいいとか、体育の佐藤先生には女の人の霊が憑《つ》いてるから、きっと浮気とか不倫とか、何か恨まれるようなことをしたに違いないとか、そういうことを適当に言った。そうすると周りの子たちも喜んで、もっとわたしに構ってくれるようになった。

よくわからないんだけど、いつの間にか霊が見えるだけじゃなくて占いもできるって話になって、明日のラッキーアイテムを教えてくれとか、運気を上げるにはどうすればいいとか、そういうことまで聞かれるようになった。そのたびにわたしは、黄色い服を着るといいとか、西へ向かえとか、そういうもっともらしいことを言った。でも、まったくのあてずっぽうじゃ悪いと思ったから、図書館で占いの本とかを借りて読んで、小学生のわたしなりに頑張って勉強して、少しはためになることを教えてあげようとしてた。

そんな感じで、わたしは前よりも存在を認めてもらえるようになったというか、曲がりなりにもクラスにおける自分の役割みたいなものを確立することができて、自分でもそれを喜んでた。でも、あるとき男子がわたしの話をしてるのが聞こえてきたのね。休み時間で、わたしはずっと席に座ってたから、わたしがそこにいるってことはわかってたと思うんだけど、聞かれても別に構わないって思ったのかな。とにかく聞こえてきた。取り柄のないブスが構ってほしくて嘘ついてるだけだろって。そういうの、うぜえよなって。

わたしの名前が聞こえたわけじゃないんだけど、わたしの話だって、すぐにわかった。だって、その通りだったから。言ったのは、少年野球のチームに入ってて、もう忘れたけど、ピッチャーか四番バッターか、もしかしたら両方やってて、勉強も大して頑張ってるように見えないのに人よりできちゃうし、顔は美形ってほどじゃないけど背がクラスで一番目か二番目くらいに高いってい う、そういう子。わたしは別にその子のことが好きなわけじゃなかったけど、それでも自然と目に入ってくるような、そういう子だった。

そのとき、その子の周りには、よくわたしと喋ってくれる女の子もいたの。それで、その子がね、でもその気にさせておいたほうが面白いじゃんって、聞こえるか聞こえないかくらいの声で言ったの。みんな、わたしに特別な力なんてなくて、それらしいことを言ってるだけだってわかった上で、あいつ今日はあんなこと言ってるよって、明日はどんなこと言うかなって、面白がって遊んでたのね。面白いよね。わたしだけ本気になって、図書館とか通って一生懸命占いの勉強とかしてたことを思うと。

まあ、くだらないことなんだけどさ、当時はけっこう傷ついて、それからはあんまり学校の記憶がないんだよね。自分が何をして、何を思ってたかっていう記憶が。気づいたら中学生になってた。ごめん、最初に怖い話するって言ったけど、あんまりそういう感じじゃなかったね。

それでね、それ自体は全然いいの。中学は、山田も知っての通り微妙だったけど、高校は軽音サークルに入って気の合う友達とかもできて、自分でも明るくなったと思うし、小学生のときのことなんて、もう過去のことというか。二十歳にもなって、小学生のときに言われたことなんて気にしてたら生きていけないからね。相手だって小学生なんだし。

でもね、なんか、わたしの人生って、考えてみればいつもそんな感じだったというか、つまり、ブスだから何かほかのことで頑張らなくちゃっていう、そういう意識があったような気が、最近するのね。占いもそうだけど、ドラム始めたのも、高校から頑張って明るいおしゃべりキャラになったのも、今でもバンド続けてるのも、もしかしたら自分がブスだったからなんじゃないかって、そういう気がするの。ブスじゃなかったら、する必要のなかったことなんじゃないかって。これは今気づいたんだけど、もしかして、声だけで済むバイトをしてるのも、そういうことなのかな、わかんないけど。まあ、現にわたしはブスだから、ブスじゃなかったら、という仮定の話をしても仕方がないんだけど。でもね、そういうふうに考えはじめると、自分の意思だと思ってやっていたことが、実はブスだったことによってやらざるを得なかったことなんじゃないかっていう、つまりわたしが本当にやりたかったことではなかったんじゃないかっていう、そういう気もするの。でも、ブスとわたしは表裏一体だから、ブスであることを本当の自分と切り離して考えるのも変で、何言ってるかわかんないかな？　わたしもわかんないけど、とにかくね、そういうことを考えはじめると、なんかね、別にいつもこんなこと考えてるわけじゃないんだけど、でも、一度考えはじめちゃうと、なんか」

目を閉じてつくねの声を聞きながら、行動を起こすなら今なのだろうと考えていた。そっちに行ってもいいかという言葉が、喉まで出かかっていた。もっともらしい慰《なぐさ》めの言葉をかけながら、つくねを抱きしめてキスをする。それは無理のない自然な流れに思えた。しかし、今度こそ出ていこうと寝袋のファスナーに再び手をかけたところで、自分の性器が硬さを失っていることに気づいた。そんなはずはないと思い、もう一度つくねの身体に意識を集中させようとした。でもなぜか私はもう性欲を感じていなかった。

「もしかして寝ちゃった?」

つくねがベッドから身を乗り出し、私の顔を覗き込んでいる気配がした。私はなんとなくすぐに返事をすることができず、起きていることを示すタイミングを逃した。卑怯《ひきょう》な寝たふりを続けているうちに、いつしか本当に眠った。

私は日々、メイクやコーディネイト、女性らしい仕草についての研究を重ね、美しくなるための努力を続けていた。スキンケアの方法についても学んで実践し、肌にいいとされている飲食物の摂取にも努めた。余計な出費は最小限に抑え、使える限りの金額を美容のために使った。その結果、少しずつ私は美しくなっていった。同時に、メイクをしたり、スカートを穿いたりして外に出かけることを、ごく自然な行為だと考えるようになっていた。

人の多いところに行くと、以前は緊張したものだった。ふと気を抜いた拍子に女の格好をした男だと見抜かれてしまい、変態だと思われるのではないかと恐れていた。でも、今では意識しなくても自然と自分の姿に見合った振舞いができるようになり、すっかり自信がついた。明るいうちから堂々と街中を歩けるようになっていたし、より多くの人に自分の姿を見てほしいと思うようになっていた。一方で私は、私の美しさを認めてくれる人間が誰もいないことに、不満を感じつつあった。大学の同期のそれほど美しくない女がナンパをされたと得意気に話していて、あの女がされるのなら自分にも可能性はあると期待していたが、今のところそのようなことはなかった。女性にしては身長が高いから、そのせいで声をかけにくいのだろうか。ナンパをされやすい場所があると聞いたことがあるから、そういうところに行ってみようかとも考えた。でも声を出せばすぐに私が男性だとわかってしまうから、その後のやりとりを面倒に感じてやめてしまった。たとえばつくねだとか、知り合いにこの姿を見てもらうことも考えたけれど、その後の関係を思うと踏ん切りがつかなかった。

どうすればいいのかわからなくなり、考えるのをやめて近所のコンビニに行った。ここのところ毎日のように買っているサラダチキンとサラダボウルとスムージーを今日も買い、家に帰ってゆっくりと味わいながら食べた。これだけ食べているのに飽きが来ないのが、自分でも少し不思議だった。腹が満たされると、突風のような性欲を覚えてすぐさまデリバリーヘルス店に電話をかけた。店長と思われる男が、いつも通り愛想よく出た。こちらまで自然と声のトーンが上がってしまうような、そういう声だった。私もアルバイトのとき、これくらい愛想よく電話に出るべきなのかもしれない。ミヤベですと私が名乗ると、男はさらに声を弾ませた。仮名とはいえ名前を覚えられているのは恥ずかしくもあったけれど、男の心から嬉しそうな声を聞くと悪い気はしなかった。カオリはつい先程別の客から指名が入ってしまったところで、二時間後なら案内できると男は言った。それでお願いしますと私は言った。

電話を切り、ベッドの上に仰向けに寝転んだ。それとほぼ同時に、何か重い物を落としたような音が天井から聞こえた。上の階に住んでいる腹の出た醜い男が、また何かをやっているらしい。音は数十秒ほどの間隔を空け、何回か聞こえた。普通に生活していたら、こんな音を立てることはないはずだった。私は天井を見つめて耳を澄まし、音の正体を突き止めようとした。私の印象では、ベッドの片側を腰か胸くらいの高さまで持ち上げては手を離すことを繰り返しているような、そういう音だった。でも本当のところはわからない。

携帯電話が振動したので確認すると、つくねからメッセージが届いていた。五里霧中ズのライブが都内で今週末と来週と再来週あるから、暇だったら観に来いということだった。ここ最近、心なしかつくねからの連絡が以前より増えていた。あの日以来、妙な電話はなぜかぱたりと来なくなったらしく、つくねは元気を取り戻していた。予定を確認すると、ライブには三日間とも行けそうだった。でも私は別に五里霧中ズのファンではないから、どれか一日だけ行けば十分だろう。返事を考えるのが面倒になり、携帯電話をテーブルの上に置いた。時計を見ると、思ったよりも時間は進んでいなかった。私はベッドを背もたれにして床に座り込んだ。

テレビをつけると、何かのドラマをやっていた。二十代前半くらいの女性がふたり、広い公園のベンチに座って話をしている。左側に座っている女性は黒髪のショートカットで、右側に座っている女性は茶色く染めた髪が胸元まで届いていた。空はよく晴れ、画面には柔らかな光が満ちていた。ふたりの近くには誰もいないが、遠くのほうで子供がボール遊びをしている様子が見え、楽しそうな声がかすかに聞こえた。

女優だから、当たり前と言えば当たり前なのかもしれないけれど、ベンチに座っているふたりはとてもきれいだった。メイクをしていないときの自分を思うと、同じ生きものなのに、それほど歳も変わらないだろうに、どうしてこうも差が生じるのか、不思議でならなかった。私と違い、彼女たちはメイクをしなくても美しいに違いない。私は、彼女たちが手にしているものが美しさだけではないことを思い、しかしその多くは美しさをうまく活用することで得られたものだと考えた。一方で、醜く生まれた私には美しく生まれた人間のことなど理解できず、見当違いのことを考えているのかもしれないとも思った。私はいつか美術館で見た映像作品を思い出し、あの作品に出ていた女も、とても美しかったことを思った。今の私は、スクリーンに映っていたあの女と、大体同じような状況だった。あの女も、部屋の中でラフな格好をして床に座り、ベッドにもたれかかってテレビを見ていた。ほとんどそれだけの映像だったのに、私はスクリーンから目を離すことができなかった。しかし、メイクをしていない今の私がスクリーンに映し出されていたとして、いったい誰が見てくれるだろうか?

左側に座っている黒髪の女性が言った。

「ねえ、どうして別れた途端に他人になっちゃうんだろうね」

女性の声は明るく、顔には笑みが浮かんでいた。茶髪の女性に向けて言ったというよりは、足元の芝生に問いかけているみたいに見えた。茶髪の女性も、黒髪の女性の顔をちらりと見ただけで何も言わなかった。黒髪の女性とは違い、茶髪の女性は深刻そうな顔つきをしていた。

「毎週のようにデートしてさ、まあ、最後のほうは毎週ってほどじゃなかったけど、それでも今まで一緒に色んなとこ行ってさ。何しろ、三年以上付き合ってたからね。もっと長い人もいると思うけど、三年ってやっぱり長いと思うなあ、わたしは。中学校とか、高校に通ってた時間よりも長く一緒にいたってことだからね。大学入ってすぐ付き合ったとしても、もう内定出てるような時期だよね。単位落として、留年とかしたら話は別だけど。あはは、まあ、そんなことはどうでもいいか」

黒髪の女性が声を立てて笑ったが、茶髪の女性は笑わなかった。私がテレビをつけてから、茶髪の女性はまだ一言も喋っていなかった。相槌《あいづち》さえ打っていない。

「部屋にもわたしの着替えとか、歯ブラシとか置かせてもらって、人がいるところでも手繋《つな》いだり、くっついたりしてたのにさ。どうして別れた途端、そういうのが全部なくなっちゃうのかな？　中間みたいなのが、どうしてないのかな？　よくわかんないよ。もう子供じゃないのにね。簡単なことがわかんないんだ、わたし。だから振られちゃうのかな？　ねえ、どう思う？」

筋書きのわからないドラマを眺めながら、私は女の格好をしているところをカオリに見てもらうのはどうかと考えていた。それは悪くないアイデアのように思えた。会ったときはお互い裸になって恋人のように身体を重ねるけれど、連絡先や本当の名前さえ知らない存在。そうしたカオリとの関係は、私の姿を見てもらうには都合のいいものに思えた。私は勢いをつけて床から立ち上がった。ライチの香りがするお気に入りのハンドソープで手を洗いながら、そういう格好をしても構わないかどうか、念のため店に確認の電話を入れたほうがいいだろうかと考えた。たぶん、事前に言っておかなくても問題はないだろう。禁止事項のページにそのようなことは書かれていなかったし、不潔でさえなければ、ズボンを穿こうがスカートを穿こうが客の自由のはずだ。

予約した時間までに、支度はすっかり済んでいた。今日は、いつになくメイクがうまくいった。自分のことを知っている人間に姿を見られるという緊張感がいい方向に作用したのか、これまで辿りつけなかった境地に達したように思えた。服は、オフホワイトのニットに灰色のロングスカートを合わせた。これまでに色々なコーディネイトを試したけれど、このふたつのアイテムには特に愛着があった。改めて鏡に向かい、全身をチェックする。身体を捻ったり顔を傾けたりして細部まで確認したが、やはり満足のいく仕上がりだった。しいていえば、私の部屋はひとり暮らしの一般的な男子大学生のそれでしかなかったから、今の私の姿は少し浮いていた。この部屋に住んでいる人間というよりは、彼氏の部屋に泊まりにきた女のようだった。今後は部屋のコーディネイトにも力を入れていくべきなのかもしれない。

インターホンが鳴って玄関に行く。ドアスコープで外を確認すると、表情のないカオリが立っていた。相手にわからないのをいいことに、しばらくの間私はドアにべったりとはりつき、カオリの顔を見ていた。こうしてよく観察すると、確かにカオリは二十五よりいくらか上のように見えた。私は、今の自分とカオリとでは、どちらが美しいだろうかと考えた。カオリが一番きれいだった時期ならともかく、今はいい勝負か、あるいは自分に少しだけ分がある気がした。

私がドアを開けると、カオリは笑顔を浮かべかけて、途中で何かの故障が起きたように固まった。今までに見たことのない奇妙な表情だったから、少し笑ってしまった。私は落ち着いていた。たぶん、自分の容姿に自信を持つことができたからだろう。カオリを居間に通し、キッチンで温かいカモミールティーを作る。カオリに身体を温めてもらおうと思い、あらかじめ湯を沸かしてあった。部屋の暖房も、ずっと中にいた私にとっては少し暑いくらい、外からやってくるカオリのことを考えて高めの温度に設定していた。

「すごい本格的だね。びっくりしちゃった。もしかして前からこういうの好きだったの？」

私が部屋に戻ると、上着を脱いでベッドに座っていたカオリが言った。こういうのが好きなのかどうか、私にはわからない。しかし、自分の意思でこういう格好をしているのは確かだった。

私がカモミールティーの入ったカップを渡すと、カオリはありがとうと言って受け取った。カオリの隣に腰を下ろす。カオリに促されるよりも先に財布を出し、所定の金額をテーブルの上に置いた。つけっぱなしにしていたテレビには、何かのクイズ番組が映っている。制服のような衣装を着た若い女がボタンを押し、チワワと言った。答えが間違っていたのか、ブーという音が鳴る。女が笑いながらその場に崩れ落ちる。カオリはしばらくの間カップを手に持っていたが、口をつけないままでテーブルに置いた。

「それで、今日はどうしてほしい?」

カオリがテレビの画面を見つめながら言った。私は何と返事をすればいいのかわからなかった。頭の中はカオリにこの姿を見てもらうことでいっぱいで、それからどうするかはまったく考えていなかった。黙っている私の顔を見て、カオリが笑った。カオリはもう、私のこの姿に慣れたみたいだった。きれいだとか、かわいいとか、そういう言葉がひとつもないから私は不満だった。私の考えでは、女は到底かわいいとは思えないものにさえ、かわいいと言う生きものだった。本当にかわいいものに接したときは、案外かわいいとは言わないのだろうか。

カオリは座ったまま、尻を滑らせるようにして私との距離を詰めた。私の脚の付け根のあたりをゆっくりとなでながら、下から覗き込むように私の顔を見た。その角度から顔を見られたくないように思い、私は顔をそむけた。

カオリが言った。

「そういえばね、もう何年か前なんだけど、ミヤベ君みたいに女の人の格好をするのが好きな人がいたよ。四十過ぎくらいの、一見真面目そうでおとなしいおじさんだったんだけどね。その人はね、女の人の格好をして、女の人にいじめてもらうのが好きだったみたい。ミヤベ君も、もしかしてそういうのが好きなんじゃないかな？」

いじめてもらうというのが具体的にどういうことなのかわからなかったが、私はカオリに任せることにした。最初のときもそうだった。カオリに任せておけば、決して悪いようにはされないはずだった。

テレビを消し、ランプの電源を入れてから天井のライトを消した。カオリははじめのうち、隣に座ったままいつもと変わらない調子で私の身体を触り、舐《な》め、キスをするなどしていた。ただ、いつもと違い、カオリはその間ずっと私の足の甲をぐりぐりと踏みつけていた。やがてカオリは、私に立つよう指示した。私が立ち上がると、カオリは私の手を引っ張って鏡の前に連れていった。女の格好をした私が鏡に映った。ランプの薄明かりの中で見る私は一層きれいで、私は私から目が離せなくなった。他人と一緒にいるせいか、私は私の知らない表情を浮かべていた。私は不意に、ずっと探していたもの、あるいはそれに近いものがこの鏡の中にあるように感じた。これがあれば、ほかのものはいらない気がした。

カオリは私の後ろに立ち、左手でスカートの上から私の性器を触った。そして右手で私の顔の輪郭をなぞった。爪がかすかに皮膚を引っ掻き、メイクがほんの少しだけ剝がれるのを感じた。

「ねえ、見える？　見えるかな？　触られちゃってるね？　恥ずかしい？　こんな格好して、変態さんだね？　ちゃんと見てないとだめだよ？　ね？　ちゃんと見て。スカート、自分でまくってみてくれる？　それじゃ見えないよ、もっと上まで。そう。いい子だね。これは下ろしちゃおうか？　ね？　下ろしちゃおうね？　直接触ってあげる。ほら、よく見えるよ。恥ずかしい？　恥ずかしいね。気持ちいい？　気持ちいいね」

カオリはそう言うと、急に大きく溜息をついた。何か耐えがたいことがあったときに思わず漏れ出るような、そういう類の溜息だった。そんな溜息は、この状況にそぐわないように思い、私は戸惑った。自分の姿を見ることはできたが、カオリの表情は見えなかった。

「ねえ、ミヤベ君。こんな格好して、こんなになっちゃってるね。ねえ、知ってる？　男の子はこんな格好しちゃいけないんだよ。男の子はふつうお化粧なんてしないし、スカートなんて穿いちゃいけないの。そうでしょう？　前からしてたの？　こういうこと。わたしを最初に呼んだときも、本当はこういうのがしたかったんだ？　気づいてあげられなくてごめんね？　でも、わたしもミヤベ君がこんなに変態さんだって知らなかったから。我慢してたの？　つらかったね？　ねえ、ミヤベ君には、こんなのいらないんじゃない？　ミヤベ君は女の子になりたいんだもんね？　そうでしょう？　女の子になりたかったんでしょう？　ねえ、だったらさ、これ、とっちゃおうか？　いる？　こんなの。

いらないよね？　ミヤベ君も、ないほうがいいんじゃない？　そのほうがミヤベ君もよかったんじゃない？」

やめてくれと私は言った。どうして、こんなことを言われなければいけないのだろう。こんなことは、まったく望んでいなかった。しかし、カオリは私の言葉に反応せず、私の性器を触り続けた。やめてくれと言った私の声は、大声というほどではなかったけれど、これだけ近くにいて聞こえないとは思えなかった。ということは、聞こえていて無視をしているのだ。私は怒りを覚え、いつか美術館で見た鏡の作品のことを思った。あのときのように、私の腕が機関銃と化し、指先から無数の弾丸が発射されるさまを思い浮かべた。しかし、目の前の鏡はただの鏡でしかなかったから、私はカオリの手首を掴み、投げ捨てるように振り払った。そのとき、私の足が誤って鏡を蹴《け》った。倒れていく鏡を支えようと手を伸ばすが間に合わない。鏡は下の階にも響きそうなほどの大きな音を立てて倒れ、割れて破片が飛び散った。

「何するの？　あぶないよ」

振り向くと、ランプの薄明かりの中にカオリの笑顔が浮かんでいた。よく見るとそれは、目に見えない誰かが無理に口角を引っ張り上げているような、気味の悪い笑顔だった。私は少し気圧《けお》されながらも、今日はもう帰ってくれと言った。タイツと下着をふとももまで下ろされ、性器を中途半端に勃起させたままの情けない格好だったが、声だけは力強かった。でも、カオリは動かなかった。カオリは私の目を見ながら、何も言わずに気味の悪い笑顔を浮かべ続けていた。何か、様子がおかしかった。自分が出ていくほうが手っ取り早いと思い、私は服装を整えた。財布と携帯電話だけを握りしめ、鏡の破片を踏まないように気をつけながら、小走りに部屋の外に出た。目についたパンプスを適当に履《は》いてしまったから、今日のコーディネイトと調和しているかどうか、自信がなかった。

外は寒く、上着を着てこなかったことをすぐに後悔した。私は歩きながら携帯電話を操作し、デリバリーヘルス店に電話をかけた。私が電話応対のアルバイトをしていて学んだのは、人は実にくだらないことや、わけのわからないことで電話をかけてくるということだった。そうした電話に対し、私はなるべく丁寧に相手の話を聞き、できるだけベストな応対をするよう努めてきた。一度くらいは、私にもやり返す権利があるはずだった。店長らしき、いつもの男がワンコール目で電話に出た。もう店じまいの時間が近いだろうに、まだまだこれからだと言わんばかりの、潑剌《はつらつ》とした明るい声だった。どうしたらこのようなテンションを維持できるのか、私には理解できない。カオリって人いますよね、今日指名したんですけど、と私は言った。何かを察知したのか、店長の声が少し曇った。私はこの仕事熱心な男が悪くないことを思い、少し申し訳ない気持ちになった。この男のこんな声を聞きたくはなかった。しかし、やはり何かを言わないことにはおさまらなかった。

「あの人、なんとかしたほうがいいんじゃないですか？　なんか、情緒不安定なときとかあるし。こんなこと言いたくないんだけど、今日、女装してたんですよ、俺。別にそういうプレイがしたかったんじゃなくて、でもそれは言っても理解してもらえないだろうし、俺もうまく説明できないからいいんですけど、とにかくスカートとか穿いて、ウイッグかぶって、メイクもしてたんです。そちらの店で、今までそういうことをしたことはなかったんですけど、今日初めて。別に、問題ないはずですよね？　禁止事項のページはちゃんと読んだけど、そんなこと書いてなかったし、客がズボンを穿いてようが、スカートを穿いてようが、それは客の自由のはずだ。そうですよね？　それなのにあの人は、男はふつう化粧なんてしないとか、スカートなんて穿いちゃいけないとか、そんなことを言うんですよ。何の権利があって、そんなことを言うんですか？　俺の性器を触りながら、こんなものいらないとか、とっちゃおうとか、ないほうがお前もよかっただろうとか、勝手なことを、好き放題言って。これは、大問題だと思いますよ。いいですか？　金だって払ってるんだ、こっちは。ねえ。そうですよね？

ねえ、考えてみて下さいよ。俺が彼女に、女なんだからスカートを穿けとか、化粧をしろとか、女性器を指して、そんなものついてなければよかったとか言ったら、あなたも黙ってないでしょう？　彼女に限らず、女の人にそんなことを言ったら、わかりませんけど、たぶん俺は何らかの罪に問われるんじゃないですか？　俺は経済学部だから法律のことはよく知りませんけど、たぶんそうですよね？　そういうことを言ったんですよ、彼女は。しかも、笑ってましたよ。そんなひどいことを言って、こっちが明らかに嫌がってるのに、どうして笑っていられるんですか？ おかしいですよ、あの人。どう思いますか？ 店長さん。店長さんでいいんですよね？ 俺は到底許せませんよ、こんなことは。金だって払ってるんだ、こっちは。絶対に許せない。あってはならないことだ」

いつの間にか線路の近くに来ていたようで、目の前には踏切があり、警報音が鳴っていた。まもなく電車がやってきて、まるで私から何かを奪い去っていくかのようにすぐそばを通過した。店長が何かを言っていたが、電車の音がうるさく、私にはよく聞こえなかった。すみません、今までお世話になりましたと言って、私は電話を切った。電話を切った後で、こういうことが言いたかったわけではなかったのだと思った。私は店長に、一度カオリと面談でもして、カオリの話をゆっくりと聞いてあげてくれないかと頼みたかった。しかし、もう一度電話をかけてそんなことを言い出すのは、たぶんまともではなかった。

ふと、横に立っていた五十過ぎの美しくもない女が、私をじろじろと見ていることに気づいた。そんな不躾《ぶしつけ》なことをされる覚えはなく、私は当然腹が立った。五十過ぎの女が歩き出す。遮断機が上がっていた。五十過ぎの女の後をつけるようにして、私も踏切を渡った。

五十過ぎの女は私に後ろを歩かれるのが嫌なのか、歩きながら何度もこちらを振り返った。その動作は、ひどく私の気に障《さわ》った。人を変質者みたいに扱って、なんて失礼な女なんだろうと思った。電話の内容を聞いていたのか何なのか知らないけれど、私はデリバリーヘルス店に文句を言っただけであって、この女に対しては何もしていない。だからやはり、この女からそんな目で見られる筋合いはなかった。私は意地になって女の後をつけた。女は徐々に落ち着きを失っていき、怯《おび》えているのが伝わってきた。そうした様子を、しばらくの間は楽しんだ。でも途中で嫌になってやめた。誰のためにもならない無駄な時間だった。女がバッグから何かを取り出そうとしていたから、そろそろ警察に通報されるかもしれないという懸念もあった。女から離れるため、適当に何回か道を曲がった。すると、見たことのない道に出た。たぶん家からは離れていくことになるけれど、別に構わなかった。

知らない道を、長いこと歩き続けた。寒さは早歩きをしているうちになんとかごまかすことができた。ただ、履いてきたパンプスはヒールがそれなりに高くて細く、早歩きを続けていたこともあって足が痛くなっていた。もうそろそろ、家に帰りたかった。考えにくいけれど、ひょっとしたらカオリがまだ私の部屋に残っているかもしれないし、割れた鏡を片づけなくてはいけないし、エアコンはつけっぱなしで鍵もかけていない。本来はこんなところを歩いている場合ではなかった。私は携帯電話で現在地を調べようとして、遠くのほうに見覚えのあるドラッグストアがあることに気づいた。いつか、私が標準的なコンドームを買ったドラッグストアだった。私は、つくねに会いに行くことを考えた。この姿を、つくねに見てもらうのはどうだろう。知り合いだからと思って躊躇《ちゅうちょ》していたけれど、つくねなら私のことをわかってくれるような、肯定してくれるような、そんな気がした。速くなっていく鼓動を意識しながら電話をかける。が、つくねは出なかった。残念なような、少しほっとしたような、不思議な気持ちだった。おとなしく帰ろうと思い、駅のほうへ向かいかけたところで手の中の携帯電話が振動した。つくねからの電話だった。私は努力して平静を保とうとしながら応答のボタンを押した。

つくねは、どこか私の様子をうかがうような声を出した。考えてみれば、私がつくねに電話をかけるのはあまりないことだった。今、家にいるのかと私は聞いた。

「いるけど、どうしたの？」

「ちょっと用があって近くまで来ててさ。実は今、お前んちの近くにドラッグストアあるだろ？　あのあたりにいるんだよ。それで、もし時間あったら会えないかなって。急だし、駄目だったら全然いいんだけど」

「別に大丈夫だけど、じゃあ、どうする？　そっちまで行けばいい？」

「危ないから、俺がお前んちまで行くよ。もう遅いし、変なやつがうろうろしてるかもしれないから」

　酒を買ったらすぐに向かうと伝え、電話を切った。自分の格好のことを説明しておいたほうがいいと思ったが、言い出すことができなかった。こんな遅い時間に、こんな格好で急にやってきて、つくねはどう思うだろうか。私だったら、恐怖を感じると思う。しかし、もう引き返すわけにはいかない。私は酒を買うためにドラッグストアに向かおうとして、突然知らない男に声をかけられた。二十代後半くらいの男だった。男は私が飲み足りないような顔をしていると言って、どこかで自分と飲んでから帰ったほうがいいと笑いながら主張した。噂に聞くナンパに違いなかった。男は丈の短い黒のコートを着て、濃い青のジーンズを穿いていた。体格がよく、背は百八十センチ以上あった。髭《ひげ》の生え方に少し品のなさを感じたものの、目鼻立ちはどちらかといえば整っているほうだった。私は嬉しくなった。カオリは何も言わなかったが、やはり私はきれいだったのだ。少なくとも、このくらいの男に声をかけてもらえる程度には。

私は足を止めずに下を向いて恥ずかしがっているようなふりをし、手を振って男の申し出を断った。声をかけてもらえたのはありがたいけれど、この男とこれ以上関わる気はなかった。しかし、男はなかなか諦めなかった。速度を合わせて私の隣を歩き、しつこく話しかけてきた。どうしようかと考えていると、ドラッグストアの前に来たところで男は急に立ち止まった。

「ちょっと待って、明るいところで見たらさ、君、もしかして男？」

呼吸が浅くなっていく。どうしてわかったのだろう。メイクが崩れてきているのだろうか。でも寒いから汗はかいていないし、服装やウイッグも乱れていない。声は出していないし、歩き方や仕草にも問題があったとは思えなかった。

「あー、そっか。いや、でもさ、ありかもな。今日さ、ほんと誰も釣れなくて、もう誰でもいいからやりてえなって思ってたとこなんだよ。この際男でもいいわ。てか、むしろ面白いかも。気遣わなくていいし。なんか変に興奮してきたな。男とか初めてだわ。もうさ、酒とかいいからとりあえずホテル行こうぜ。オレ、酒なんて本当は全然好きじゃないんだよ。みんな、どうしてあんなもの飲みたがるんだろうね？　わざわざ金払って毒飲んでるようなもんなのに。ね、いいでしょ？　大丈夫、優しくするから。な？」

男はそう言って私の肩を抱いた。私は当然、その手をすぐさま振り払った。このような礼儀を知らない下卑た男とホテルになど行くはずがないし、身体を触らせる理由もなかった。第一、この男に限らず、私は同性とそういった行為に及びたいと望んだことはなかった。この先も絶対にないとは言い切れないけれど、少なくともこれまではなかったし、今だってそんな気はまったくなかった。

「なんだよ、その態度は。やんのか？　お前、そんな格好してんだから、どうせ変態なんだろ？　女装してオナニーとかしてんだろ？　なあ。オレなんかより絶対変態だって。男の相手だってしたことあんだろ？　いいじゃねえか。なあ。そうだ、金なら払うよ？　ね？　それならどう？　一万とかでさ。悪くないアルバイトだと思うけど、どうかな？」

男を無視し、つくねの家のほうへ歩き出す。腹が立つことを色々と言われた気はするけれど、言い返そうとは思わなかった。この男の言うことなど、便所の落書きみたいなもので、少しも気にする必要はない。男はなおも、何かを言いながら私の後をついてきた。でも口で言うだけで身体を触ってくることはもうなかったから、そのうち諦めるだろうと思ってそのままにしていた。こういう手合いに対しては、一切取り合わないのが正解のはずだった。しかし、しばらく歩いたところで急に後ろから抱きつかれ、口を塞がれた。気づけば、あたりには人の気配がなかった。私は抵抗を試みたが、力では到底男にかなわなかった。すぐそばにあった公園の中にたやすく引きずり込まれ、多目的トイレの中に押し込められた。

ドアの鍵を閉めると、男はいきなり私の横面を殴りつけた。財布と携帯電話が私の手から飛び出し、床に転がった。よろめいている間に、今度は鼻のあたりを強く殴られた。男の拳は重く、後頭部まで突き抜けるような強烈な痛みが走った。私は多目的トイレの汚い床に倒れて転がり、便器に頭をぶつけた。倒れた後も自分の頭が揺れているような感覚があり、奇妙な波状の動く模様が視界を埋めていた。

男は倒れた私に近づき、腹を踏んだ。私の口から、蛙《かえる》の鳴き声に似た奇妙な音が出た。どういう仕組みなのか、腹を踏まれた瞬間に頭が揺れているような感覚は止み、奇妙な模様も見えなくなった。男が私の腹から足をどけると、ニットには汚い足跡がついていた。踏まれた腹はもちろん痛んだが、それ以上に大切な洋服が汚れてしまったことを思った。反射的に手で足跡を払おうとすると、今度はその手ごと腹を踏みつけられた。

男はしゃがみ込んでウイッグを摑み、私の頭を強引に自分のほうに引き寄せた。頭皮の痛みとともに、ウイッグが本来あるべき位置から大きくずれるのを感じた。私の大事なウイッグに触るなと言いたかったし、ニットについた足跡もなんとかしたかったけれど、さすがにこの状況ではできなかった。男が言った。

「おとなしくしとけば、もう殴らないでおいてやるよ。お前が悪いんだからな。お前がオレのことを馬鹿にしきったような目で見るから。見てたよな？」

男はそこで言葉を切り、私のことをにらみつけた。嘘をつくのが嫌で、私は何も言わなかった。

「きれいな女がさ、ナンパしてるオレを見下しきったような目で見るのはまだわかるよ。腹立つけどな。調子乗ってんじゃねえってもちろん思うけど、もう慣れたし。でもさ、なんでお前みたいな気持ち悪いやつにまで、そんな目で見られなきゃいけないんだよ。な？　あんまり調子乗んなって。調子乗ってるとどうなるか、お前もわかっただろ？　まあ、いいよな。多少殴ってもさ。女じゃないんだから。女だったらオレも殴らないよ？　それはなんていうか、男として絶対やっちゃいけないことだって思うし。でもさっきは女殴ってるみたいで興奮したわ！　ちゃんと見るとめっちゃブスだけどな。まあ暗くて正直顔なんて全然見てなかったんだけど、さすがにこんなのに声かけるとかオレも終わってたな。なんか恥ずかしくなってきた」

男はベルトを外し、男らしくジーンズと下着を一度に下ろして性器を出した。私の鼻からは、血が流れ出していた。血はニットにぼとぼとと垂れ、赤黒い染みを作っていた。

「待ってろ、その前に小便したくなってきた。便座上げたままにしていくやつって本当腹立つよな」

男はそう言って便座を乱暴に下ろし、座って小便を始めた。もしかしてこの隙に逃げ出せないかと考えたが、それも難しそうだった。床に尻をついた状態から走り出すにはそれなりに時間がかかるし、男が動きやすそうなスニーカーを履いているのに対して、私が身につけているパンプスやロングスカートはどう考えても走るのに適していなかった。それに小便をしながらも、男は私を注意深く監視していた。私にとって、他人が小便をしているさまをこれほどしっかりと見るのは初めてのことだった。私はなぜか、どこか遠い場所へ来てしまったような気分になった。

男の小便は何かの間違いのように長かったけれど、やがてトイレットペーパーで性器の先をトントンと叩くようにして拭き、水を流して立ち上がった。しかし、すぐにまた座り直した。

「立ってるのかったるいから、このままやってもらおうかな？　今日はずっと立ちっぱなしだったし、殴るのもけっこう疲れるんだよ」

男はそう言って腰を前に出した。私は最初、何をすればいいのかわからなかった。とりあえず口でしてみてくれよ、面白そうだからと男に言われ、やっと意図を理解した。

ゆっくりと身体を起こし、男の股間に顔を近づける。男の性器はまだ勃起しておらず、便器に溜まった水を見つめるように、だらりと垂れ下がっていた。これは少し、私にとっては意外なことだった。カオリにこれをしてもらうとき、私の性器はいつも触れられる前から勃起していた。というか、カオリが家に来る前、いや、店に電話をかける前から既に勃起しているくらいだった。

どうしたらいいのかわからず、とりあえず男の性器が下を向いていていては口に含むことも舐めることもしにくかったから、手を使って上に向けようとした。するど、汚い手で触るなと男が言った。廊下を走る生徒を注意するときみたいな口調だった。静電気が走ったように、私はすぐさま手を引っ込めた。そんなことを言われる筋合いはないはずだったが、倒れたときにトイレの床に思い切り手をついていたし、その上男に踏まれたから確かに汚かった。迷った挙句《あげく》、下からすくい上げるように男の性器を口に含んだ。下向きに固定された蛇口から水を飲むときのような具合だった。口に入れてみたものの、それからどうすればいいのかも問題だった。バヤシコのときは、と私は思った。バヤシコのときは、どのようにしたのだったか。これをさせられたことは確かだが、細かいことは覚えていない。覚えていたいようなことではなかったから、もう忘れてしまった。私はカオリがこれをしてくれたときのことを思い出し、それを真似ようとした。カオリにこれをしてもらうのが、私は好きだった。しかし、いざ自分がやってみると、これはかなり大変な作業だった。はじめのうちやわらかかった男の性器は、今や中に骨があるかのように硬くなり、まるで恵方巻のように太くなっていた。角度や深さを少し間違えただけで簡単に吐き気を覚えたし、首のあたりがすぐに痛くなった。

これを続けるうちに、私はカオリへの感謝や申し訳なさや、様々な感情が心の中に湧き上がってくるのを感じた。単純に苦しかったというのもあるけれど、私の目から涙が流れているのは、たぶんそれだけではなかった。ああいう別れ方をして、しかもわけのわからない電話まで入れてしまった私にチャンスはないかもしれないが、かなうことならもう一度カオリに会い、何かを伝えたいように思った。しかし私がこのように考えているのも、無意識に目の前の苦痛から気を紛らわそうとしてのことなのかもしれなかった。それに私たちは所詮、デリバリーヘルスのコンパニオンと客の関係でしかなかった。

男が言った。

「うまいじゃん。やっぱ慣れてんだろ？　最初からそうやって言うこと聞いてればよかったんだよ。オレだって殴りたくて殴ったわけじゃないんだからね」

男は私の頭を優しくなでた。頭を動かし続けながら、私はひどく戸惑った。というのも、男に頭をなでられるのが決して不快ではなかったからだ。この状況を、このような男に好き勝手に扱われている状況を、私は心のどこかで受け入れはじめていた。どうせなら気持ちよくなってもらったほうが互いにとっていいのではないかと、そういう気持ちさえ芽生えていた。いや、しかし、さすがにそんなことを考えるのはおかしいはずだった。誰かが大きなへらを使って私の脳みそを掻き混ぜているような、そういう感覚があった。

そのとき、私が取り落とした携帯電話が床の上でガタガタと震える音が聞こえた。その振動の仕方は、電話が来ていることを示していた。こんな時間に電話をかけてくる人間はほかに考えられず、つくねに違いなかった。助けを求めたかったけれど、この状況で外部と連絡を取ることが許されるはずもなかった。どうして、こんなことになってしまったのだろう？　ただ、つくねに会いに行こうとしていただけなのに。いや、そもそもは家にいて、カオリと会っていたのだ。いったい、何をしているのだろう。私は、初めてメイクをしたときのことを思った。全然思い通りにならなかったけれど、私は一生懸命だった。誰かに助言を求めるわけにはいかなかったから、手探りでどういう道具が必要なのかを調べ、失敗を繰り返しながら自分に合った商品を選び出した。記事を読んだり動画を見たりして知識を仕入れ、何度も手を動かして少しずつメイクの仕方を覚えていった。そうやって、少しずつ自分をきれいに見せることができるようになっていくのが嬉しかった。あのときの私は、男の気を惹くことを考えていたのだろうか。そうではないはずだった。私は、美しくなりたいだけだった。男に好かれたいわけでも、女になろうとしたわけでもなかった。だから、私がこの状況を受け入れようとしているのは、私を守るための一時的な反応でしかなかった。いつまでも恐怖や嫌悪を感じていたら私が壊れてしまうから、そうした負の感情をごまかすため、無意識に私を騙《だま》しているに過ぎなかった。私はこれ以上そんなことを続けたくはなかった。本当にやるべきことは恐怖や嫌悪の原因を根本から取り去ることで、そして今ならそれは難しくなかった。私は男の性器に前歯を当て、思い切り強く噛んだ。

肉が裂け、温かい液体が、まるで小籠包を食べたときのように口の中に広がった。それは信じがたいほどに生臭く、ひどい味だった。チキンやスムージーといった今日口にしたものが、舌の付け根あたりまで込み上げるのを感じた。しかし、ここで口を離すわけにはいかない。吐き気をこらえながら、さらに顎《あご》に力を入れようとした。こんなものは、断ち切ってしまわなくてはいけない。が、男に性器を蹴り上げられ、私は痛みに負けてあっけなく口を離した。急所への打撃は、気合いだけで耐えられるものではなかった。でも、相当の深手は負わせたに違いない。切断には至らなかったけれど、もう二度とセックスができない身体になっている可能性も十分にあるはずだ。やることはやったと思い、私は逃げようとした。しかし、男に背を向けて走り出そうとした瞬間に、男の手が私の首を摑んだ。喉がきゅっと締まり、私の口から、鳥の鳴き声に似た奇妙な音が出た。男は力任せに私を引き寄せ、両手を使って私の首を絞めた。男の力はとても強く、私は息を吸うことがまったくできなくなった。男が、私の耳元で何かを言った。首を絞められているためか、私には内容が聞き取れなかった。何かを言った後で、男は声を出して長く笑った。この状況で、いったい何が面白いというのか。私には到底理解できなかった。理解できないから、余計に怖かった。男の笑い声を聞きながら、何かが尻のあたりにあたっていることに私は気づいた。男に背を向けている私には、それが見えなかった。しかし、何であるかはわかった。私に噛まれた性器を、男はまだ硬く勃起させているのだ。恐怖に突き動かされるように、ヒールの部分でスニーカーを履いた男の足を踏んだ。一度だけではなく、間髪を容《い》れずに何度も踏んだ。アイスピックで氷を削るときのような感触を足に感じた。今の私にとって、この細いヒールが唯一の武器だった。私にはこの靴が、このような男の足を踏むために作られた道具のように思えた。

男が私の首から手を離し、背中を突き飛ばした。床に倒れ込みながら振り返ると、男はうずくまって足を押さえていた。激しくせき込みながら、床に落ちている財布と携帯電話を拾った。目から涙が溢《あふ》れて視界が滲み、財布と携帯電話の輪郭があいまいになっていた。ドアを開けてトイレの外に出る。せきをするたびに冷たい空気が身体の中に入り、また次のせきが出る。せきをし続けながら、私はまだ喘息が治る前のことを思い出した。治ってからは思い返すこともなかったけれど、喘息がかなり苦しいものだったことを思い出した。私のことを思ってスイミングスクールに通わせてくれた親への感謝が唐突に溢れ、これまでとは違う種類の涙が流れ出した。水泳をやっていなかったら、今も私は喘息で苦しんでいたに違いない。歩きながら何度も振り返るが、男は追ってこなかった。本当は走ってここから離れたかったけれど、身体にうまく力が入らず、歩くのがやっとだった。私は公園から出て、つくねの家のほうへ向かった。

　呼吸の苦しさが少しだけ和らいでくると、今度は鼻の痛みが意識を支配するようになった。恐る恐る触ってみると、さらに激しい痛みを感じ、思わず手を離した。骨が折れているのだろうか。心なしか、かたちもおかしくなっていた。私は、まだトイレにいるであろうあの男への強い怒りを感じた。私だって自分の鼻のかたちが好きだったわけではないけれど、それでもこれはほかの誰でもない私の鼻であって、私以外の人間にそれをどうこうしていい権利などなかった。こんなになるくらい思い切り殴るなんて、絶対に許されないことだ。やはり、あの男の性器をなんとしても嚙み切ってやらなければならなかった。足を踏んだくらいでは到底足りない。悔しくてまた涙が出た。今からでも引き返して、今度は顔や性器にヒールで穴を開けてやる必要があるのではないか。バヤシコにあれをさせられたときだって、さっきのように嚙みついてやればよかったのだ。そしてそのまま嚙みちぎって、人生を損なってやるべきだった。あの男は今どこで何をしているのか。大学に通っているのか、それとも社会人として働いているのか。今更のように、激しい怒りが込み上げてきた。いや、決して今更などではなく、今日からでも報復の準備を始め、あの男の人生を台無しにしてやる権利が私にはあるのではないか。でも、それよりも今は、自分のことを考えるべきだった。今すぐにでも救急車を呼んで、手当てを受けたほうがいいのかもしれない。鼻は、ちゃんと治るのだろうか。もし治らなかったら、そのときは、いっそお金を貯めて整形でもするしかない。いい機会なのかもしれない。整形は、何かきっかけがなければ、なかなか踏ん切りがつかないだろうから。今日のことでカオリを呼びにくくなってしまったけれど、それもかえってよかったのかもしれない。整形をするなら、風俗に金を使うことはできないから。

鼻から流れ出た血が、今も服を汚し続けていた。オフホワイトのニットだから、汚れは致命的なまでに目立っていた。すぐに洗えば、ちゃんときれいになるだろうか。こんなに汚れてしまったけれど、お気に入りの服だから捨ててしまいたくはない。私をきれいに見せてくれる、私の大事な洋服。こんなひどい日にも、私と一緒にいてくれた。失ってしまうことを思うと、涙が一層溢れ出した。やはり救急車を呼ぶよりも先に、つくねの家に行きたかった。できることなら洗面所か浴室を貸してもらい、汚れが取れなくなってしまう前に、この手で服を洗いたかった。私はつくねからの着信があったことを思い出し、電話をかけた。つくねはワンコール目が鳴り終わる前に出た。

「よかった、電話繋がらなかったから、もしかして何かあったのかと思ってて。今そっちまで行こうかと思ってたよ」

つくねは早口でそう言った。心地いい声だった。ちょっとした事故にあって、でも大丈夫だから今から向かうと私は言った。喉を使ったのがいけなかったのか、また何度かせきが出た。

「それから俺、今ひどい格好してるんだけど、気にしないでくれるかな。できればお風呂場か洗面所を貸してほしいんだけど」

「それは大丈夫だけど、ねえ、本当に大丈夫？　事故って」

着いたら話すと伝え、電話を切った。ウイッグがずれていたことを思い出し、鏡を見ることもできないから思い切って外してしまった。ひどい格好をしているとつくねに伝えたが、たぶんつくねの想像よりもっとひどいだろう。つくねは、私の姿を見て何と言うだろうか。間違っても、きれいだとは言わないだろう。しかし、それも今となっては大した問題ではなかった。大事なのは服を洗わせてもらうことで、それから病院に行って鼻を治すことだった。鼻の痛みに耐えながら、一歩ずつゆっくりと歩く。角を曲がると、つくねが住んでいるアパートが見えた。

解説　〝納得〟することの他者性

平野啓一郎

遠野遥氏は、デビュー作『改良』に於いて、既に確乎《かっこ》たる個性的な文体を獲得しており、読者はその着実な発展を、芥川賞を受賞した『破局』に見ることが出来る。

一見、特に技巧を凝らした風にも見えない、平易と言って良い文体だが、絶えず、ユーモアのかたちを採った、何とも知れない落ち着かなさが感じられ、それが巧みな構成力と相俟《あいま》って、物語の進展と共に増幅されてゆく。

この文体は、確かに新鮮だが、しかしどこかで心当たりもあり、人によっては、カミュの『異邦人』を思い出すかも知れず、また私は、横光利一の『機械』を連想した。

時間芸術である小説では、基本的に起点があり、終点があり、その間で、事象の連なりが描かれるのであるが、まさにその事象が連なっ
ているように見えるためには、物語の禍中の主人公が、自ら経験するところに〝納得〟していること／していないことを、読者が納得することが肝要である。

遠野氏は、この〝納得〟の構造に着目し、それをテコにして、言語的に形成されてい

る社会秩序そのものを問おうとしている。

物語は、主人公が小学生の頃にスイミングスクールに通っていた記憶から語り起こされている。それは、親の勧めであり、彼自身は通うことに憂鬱を感じていた。

水泳自体は「好きでも嫌いでもな」かったが、「人前で下着同然の格好」になるところ、また、「プールの中でこっそりとおしっこをする子がいる」ことが、その憂鬱の理由だった。

この冒頭から、プロットとしてはそれ故に、親に反発して通うのをやめた、という方向にも進み得るのだが、主人公は「喘息持ち」であり、水泳が、心肺機能の向上に役立つという親の考えに従ってスイミングスクールに通い続ける。これは、医学的にも認められている、一種の常識である。

つまり、彼は自らに課された不快な「強制」を、そのように〝納得〟して受け容れるのである。読者もまた、この成行には〝納得〟するはずだが、著者が問うているのは、こうした読書の了解的な関係である。

水泳をやめる頃になると、実際に彼は、喘息がよくなっているが、しかし振り返って、それは、「水泳をやっていたからではなく、成長とともに自然と治った」のだと解釈されている。つまり結局は、〝納得〟したはずのことを、〝納得〟していないのであり、強制は強制のままということになる。そうすると、主人公が〝納得〟したはずの理屈と、読者の〝納得〟とは乖離してしまうのだが、作者はそれを、物語のこの後の展開に委ねて放置するのである。

スイミングスクール通いを巡る、このありきたりな経験の記述は、小説全体を通して執拗に反復される抵抗と〝納得〟の構造の原型である。

主人公は、スイミングスクールの友人で、「バヤシコ」という渾名の少年に、屋外セックスの覗き見に誘われるのだが、この時も、「別にカップルを見たいとは思っていなかった」が、「ゲームのようで楽しかった」と、その強制を〝納得〟し、受け容れる。

――しかし、この〝納得〟も、後に撤回されるのかもしれない。

やがて、覗き見をしながら、バヤシコに性器を触られ始めた時も、主人公は、激しい怒りを覚えつつ、やめてほしいなら、逆に彼の性器を触るように命じられ、「そんなことはしたくなかったが、私に拒否権はなかった」と、その条件に従う。更に、手で上手く出来なかったことの「罰」として、オーラル・セックスまで強いられ、これもまた受け容れるのである。

彼の〝納得〟は、言語的に形成された秩序観に基づいており、その理屈は、常識や通念といった他者的なものである場合（水泳は喘息に良い効果がある）もあれば、自身の判断（覗き見もゲームのようで楽しい）ということもある。

私は嘗《かつ》て、「『機械』には、ただ心理だけがあり、感情がない。」（「独白の不穏」『モノローグ』収録）と書いたことがあるが、『改良』に読者が感じる違和感も、これと似ている。主人公の〝納得〟する理屈は、その一文だけ取り出してみれば、瑕疵《かし》なく意味をなしているが、しかし、普通なら、状況に対してそれを適用しようとした時、何かもっと感情的な抵抗があるはずなのではないか、と感じられる。この小説に、どことなく人間の思考を学習したＡＩが書いたかのような雰囲気があるのは、そのためである。

　主人公の強制に対する態度は、しばしば過剰適応的に見える。一概にヘンだとも言えないが、全体として共感出来るというわけでもない。しかし、本作が最終的に突こうとしているのは、まさにその微妙な一点なのである。

　主人公は、この秩序観故に、企業のクレーム対応のバイトを黙々とこなし、面倒な相手でも、上司に回すことなく「自分で頑張る」。感情的になりそうな現実に対しては、乖離的に「別の世界の人間」、「別の世界の出来事」と感じ取り、結果、残されるのは、仕事である以上、役割を務めるべきだ、という一種の職業倫理だけである。

　この当為は、他方で、自己のみならず、他者にも適用される。本作のみならず、作者は『破局』でも、トイレの便座が上がっている、という状態をしきりに問題とし、便座とは、「下がった状態が便器本来の姿」だと主人公に立腹させている。このネットの世間話のような逸話が、主人公の人物造型に効果を発揮している。

　主人公が従属するのは、常に、他者というよりも、この内面化された規範群の方である。従って、他者がそれから逸脱していると感じられている時もまた、強い反発が芽生える。バヤシコへの怒りがそうで、但し、彼から「やめてほしいなら」という条件を与えられ、「罰」を科されると、忽《たちま》ち、それが新たな規範として状況に上書きされ、〝納得〟してしまうのである。彼が好意を寄せていたのは、デリヘル嬢のカオリだったが、彼女が肝心な時に職業的に的確に対応出来ず、「不安定」さを露呈すると、「絶対に許せない。あってはならないことだ」と激怒し、その関係を破綻させてしまうのである。

そして、こうした強制の象徴として、自己と他者との双方に跨がり、作品全体を支配しているのが、ルッキズムである。

女装は、主人公の情熱であるが、それは彼の性自認とも性的指向とも無関係の性表現であり、その根底にあるのは、「どうして、私は美しくないのだろう。」というコンプレックスである。美しくなりたいというのは、まさに彼自身の願望だが、しかし、その願望を強制しているのは、その実、今日では大いに批判されている、この差別的な価値観である。主人公は、人間の価値は多様だと知っているものの、それらは「どれも美しさの前では霞む」と感じ、ルッキズムに〝納得〟している。彼が「美しくない」が故に劣等感を抱かずに済み、蔑みつつも好感を抱いているのが「つくね」という幼馴染みであり、その関係は、読者に、主人公としては例外的に人間的なものを感じさせる描き方となっている。

主人公は、カオリに激怒し、女装のままつくねの家を訪ねる途中、男に声をかけられ、公衆トイレに連れ込まれて、性的暴行を受ける。その描写は生々しく凄惨であり、主人公が冒頭で、人前で裸体になりたくなく、また排泄の不潔さに嫌悪感を抱いていると語っていた素朴な呟きが、痛ましく谺《こだま》している。

しかし、その暴力の禍中でも、彼は、自分で無理だと判断して逃げることをしない。また、汚い手で性器に触ることを咎められると、トイレの床に触れ、男の靴でも踏まれていたので、「確かに汚かった」と〝納得〟してしまう。

主人公の服従に対する読者の違和感が、最も批評的に検討されるのは、この場面であり、何故なら、性暴力被害者に対して向けられる世間の「普通なら」という二次加害的な偏見は、常に、なぜ抵抗しなかったのか、なぜ言われるがままに従ったのか、……といった懐疑の言説を採るからである。

言うまでもなく、無抵抗であるのは、多くの場合、殺されるかもしれない、という恐怖心の故である。決して心から相手を受け容れているわけではない。つまり、ここに至って批評されているのは、主人公の〝納得〟というより、寧ろそれに何となく違和感を抱いてきた読者の方なのである。

主人公は、性行為を強いられながら、この暴力を招いたのは、自分の女装なのだと内省する。しかしそれは、ただ、「自分をきれいに見せることができるようになっていくのが嬉しかった」からであり、決して「男の気を惹く」ためではなかった。この思考の場面は、「わからない時にはなってみる」という、美術作品に対する森村泰昌氏の試みを想起させる。性暴力を誘発するのは、女性の挑発的な格好なのだというのもまた、被害者を傷つける二次加害の典型だが、それに対して、作者は主人公を通じ、女性になってみることで、身を以てその不当さを告発しているようにも見える。その自らの服従を「私を守るための一時的な反応でしかない」と考える件は、バヤシコからの性的暴力以降続く、彼の抵抗と〝納得〟とのメカニズムに対する総括的な自己批評と言えよう。それは、彼の乖離的な現実の受け容れからも看て取れる。

この状況に至った主人公を、自業自得だと突き放す読者は、多くはないだろう。彼はただ、美しくなりたかっただけなのである。ところが、彼がそもそも捕らわれていたルッキズム自体は、社会的に否定されていた考えのはずである。つまり、読者に突きつけられているのは、結末から遡行されたはずの原因追及を、決して結末に短絡させてはならないという苦い倫理的教訓なのである。

ここから主人公は、自らの被った暴力を拒絶するために、相手の性器を噛みちぎろうとし、ヒールで足を踏みつけて、その場から逃走する。その「ひどい格好」のまま、向かう先は、つくねの家である。

この結末は、主人公が遂に、自らの好悪に正直な主体性を恢復して、その受け止め先として「つくね」への愛を確認するという未来を予感させる。しかし、暴行現場から逃げ出した主人公がしきりに憤っているのが、相手には、自分の鼻を「どうこうしていい権利などないはずだ」という点であることに注目したい。つまりは、彼が許せないのは、相手が規範に背いていることであり、その意味では、便座が上がったままのトイレへの怒りと、本質的には変わらないのである。

作者は、この『改良』の主題を、次作『破局』では一層先鋭化させている。ルッキズムに相当するものとして焦点化されるのは、スポーツとセックスという肉体的欲望であり、それ以外は、「正気」、「常識」、「礼儀」、「マナー」、父の言いつけ、……といった、片々たる正しさの規範――それはシニカルに笑われつつ、決して全否定することも出来ない――に、徹底して〝自律的に他律的〟な主人公を造型している。しかも、そのような規範群と同化した彼に対し、最も他者的に振る舞うのは、実のところ、その自らの欲望であり、やがてスポーツが、規範群と結託しながら他者をも呑み込んでゆき、また、同時にセックスが他者と結託して彼を呑み込み、双方向から「破局」をもたらす様は鮮烈である。

重要なのは、作者が、社会の全般に張り巡らされている権力構造を、個人が何気なく胸に思い浮かべ、〝納得〟する通念に言語的にアプローチしようとしている点である。

作者、登場人物、読者を巻き込んだこの大掛かりな実験の行方を、私たちは今後も、試みられつつ、見守ってゆくことになるだろう。

（小説家）

本書は二〇一九年一一月、小社より単行本として刊行されました。

改良《かいりょう》

二〇二三年 一 月二〇日 初版発行
二〇二四年 三 月三〇日 2刷発行

著 者 遠野《とおの》遥《はるか》
発行者 小野寺優
発行所 株式会社河出書房新社
〒一五一-〇〇五一
東京都渋谷区千駄ヶ谷二-三二-二
電話〇三-三四〇四-八六一一（編集）
〇三-三四〇四-一二〇一（営業）
https://www.kawade.co.jp/

ロゴ・表紙デザイン 粟津潔
本文フォーマット 佐々木暁
本文組版 KAWADE DTP WORKS
印刷・製本 中央精版印刷株式会社

落丁本・乱丁本はおとりかえいたします。

本書のコピー、スキャン、デジタル化等の無断複製は著作権法上での例外を除き禁じられています。本書を代行業者等の第三者に依頼してスキャンやデジタル化することは、いかなる場合も著作権法違反となります。

Printed in Japan ISBN978-4-309-41862-9

人のセックスを笑うな

山崎ナオコーラ　40814-9

十九歳のオレと三十九歳のユリ。恋とも愛ともつかぬいとしさが、オレを駆り立てた──「思わず嫉妬したくなる程の才能」と選考委員に絶賛された、せつなさ百パーセントの恋愛小説。第四十一回文藝賞受賞作。映画化。

青が破れる

町屋良平　41664-9

その冬、おれの身近で三人の大切なひとが死んだ──究極のボクシング小説にして、第五十三回文藝賞受賞のデビュー作。尾崎世界観氏との対談、マキヒロチ氏によるマンガ「青が破れる」を併録。

ナチュラル・ウーマン

松浦理英子　40847-7

「私、あなたを抱きしめた時、生まれて初めて自分が女だと感じたの」──二人の女性の至純の愛と実験的な性を描いた異色の傑作が、待望の新装版で甦る。

親指Pの修業時代　上

松浦理英子　40792-0

無邪気で平凡な女子大生、一実。眠りから目覚めると彼女の右足の親指はペニスになっていた。驚くべき奇想とユーモラスな語り口でベストセラーとなった衝撃の作品が待望の新装版に！

親指Pの修業時代　下

松浦理英子　40793-7

性的に特殊な事情を持つ人々が集まる見せ物一座“フラワー・ショー”に参加した一実。果して親指Pの行く末は？　文学とセクシャリティの関係を変えた決定的名作が待望の新装版に！

十九歳の地図

中上健次　41340-2

「俺は何者でもない、何者かになろうとしているのだ」──東京で生活する少年の拠り所なき鬱屈を瑞々しい筆致で捉えたデビュー作。全ての十九歳に捧ぐ青春小説の金字塔。解説／古川日出男・高澤秀次。

著訳者名の後の数字はISBNコードです。頭に「978-4-309」を付け、お近くの書店にてご注文下さい。